從你的全世界路過

張嘉佳

自序

我從一些人的世界路過，一些人從我的世界路過。

陸陸續續寫了許多睡前故事，都是深夜完成的。它們像寄存在月台的行李，有的是自己的，有的是朋友的，不需要領取，於是融化成路途的足跡。

但我覺得它們很漂亮。一旦融化，便和無限的藍天白雲不分彼此，如同書籤，值得夾在時間的罅隙裡，偶爾回頭看看就好。

其實這本書中，一部分連短篇都算不上，充其量是隨筆，甚至是塗鴉。但我知道，它們能給喜歡的人一點點力量，一點點面對自己的力量。

因為在過去的歲月，我們都會想去擁有一個人的全世界，可是只能路過。

滿城的雨水，模糊的痕跡，呆呆佇立一步也不想往前。哪怕等待，認真守護每個路口，最後卻發現對方已經不在這裡了。

這些並不可怕。所有人的堅強，都是柔軟生的繭。

我想告訴你，坐會兒、喝一杯，或者看看風景，然後就繼續往前吧。屬於你的另一個全世界，終會以豁然開朗的姿態呈現，以我們必須幸福的名義。

●

簡體版上市一年又四個月，我正在《擺渡人》的電影籌備工作中，謝謝為這本繁體版辛勞和推薦的各位，謝謝你們喜歡這本書。

只要有喜歡，連風都是斑斕的。其中，陶晶瑩女士為了讓繁體版有更多的人知道，邀請我寫了一首歌，歌名〈如你一般的人〉。她溫暖的聲音，會把這些文字傳遞給更多人，我深深感激。將歌詞一併收在繁體版，作為紀念。

萬物從不等人，奔跑才得以並肩，一起努力。

●

〈如你一般的人〉

我希望身旁有個人，有個如你一般的人。

如山間明亮的清晨，如道路上溫暖的陽光。
覆蓋我肌膚，溫暖我胸膛。
如今最好，沒有來日方長。
時光難留，只是一去不返。

你說你有方向，我說我喜歡有伴。
你說相愛會變，我說沒發現跡象。
心情越來越隱蔽，藏在老歌裡。
表情越來越單一，除非是見你。

我希望有個人，有個如你一般的人。
看過明亮的山與海，經過層疊的春與香。
軌道要貫徹始終，一起數遍生命的公路牌。
煙花盛開在眼簾，想念是我的日常。
不能住進你心裡，那就算客死他鄉。

我希望身旁有個人，一個如你一般的人。

目錄

•

一個人的記憶就是座城市，
時間腐蝕著一切建築，把高樓和道路全部沙化。
如果你不往前走，就會被沙子掩埋。
所以我們淚流滿面，步步回頭，可是只能往前走。

從你的全世界路過

從你的全世界路過

1

二〇〇四年的時候心灰意冷不想勞動，每天捧著電腦打牌，一打就是十幾個鐘頭。但我的技術很差，毫無章法可言，唯一的優勢是打字快，於是創造了自己的戰術，叫做「廢話流」。

一發牌，我就開始在對話框裡跟玩家說話：「赤焰天使，你舅舅最近身體好嗎？」「天使為何是赤焰的呢，會烤熟的，你過日子要小心。」「咦，蒼涼之心，好久不見你怎麼改名字了？」「毛茸茸你好，幫幫我可以嗎，我膝蓋腫腫的呢……」

結果很多玩家忍無可忍，啪啪啪亂出牌，罵一句「去你的！」就退出了。這樣我靠打字贏了打牌，賺到勝率七五％。後來慢慢不管用，我又想了新招——我在對話框裡講故事。

系統發牌，我打字：「從前有個神父，他住的村子裡最美的女孩叫小芳。突然小芳懷孕了，死也不肯說是誰的孩子。村民就暴打她，要將她浸豬籠。小芳哭著說，是神父的呢。村民一起衝進教堂，神父沒有否認，任憑他們打斷了自己的雙腿。過了二十年，奇蹟發生了。」

然後我就開始打牌。對話框裡一片混亂，其他三個人在嚎叫：「我弄死你啊，發生了什麼奇蹟？去你的，老子不打了，你講話能不能完整點？」

就這樣，我的勝率再次衝到八〇％。

廢話流名聲大震，還有很多人來拜師。我一看勝率都在五〇％以下，頭銜全部還是「赤腳」，冷笑拒絕。

正當我驕傲的時候，跟我合租的茅十八異軍突起，自學成才。

這狗東西太無恥，他發明的屬廢話流分支：詛咒術。比如好端端地大家在打牌，茅十八打一行字：「大慈大悲普度眾生觀世音菩薩，聖潔的露水照耀世人，明亮的目光召喚平安。如果你想自己的父母健康，就請複述一遍，必須做到，否則出門被車撞死。」

我去你的大姨媽！

當時強迫轉發還不流行，被他這麼一搞整個棋牌間裡一片手忙腳亂，人人無心計算。一局沒打完，他已經依次請過太上老君、上帝、耶和華、聖母瑪利亞、招財童子、唐明皇、金毛獅王謝遜、海的女兒……

我輸了。

茅十八這人生活中安靜沉默，連打電話都基本只有三個字：「喂。嗯。拜。」他成為廢話流宗師，讓我瞠目結舌。

2

我跟茅十八的友誼一直維持著，二〇〇九年甚至一塊兒開車去稻城亞丁。當時他帶著自己的女朋友荔枝，開到沖古寺，景色如同畫卷，層巒疊嶂的色彩撲面而來。

我知道茅十八的打算，他緊張得發抖。

他跪在荔枝面前，說：「荔枝，你可以嫁給我嗎？」

才一句話，後半句就哽咽了，那個「嗎」字差點兒沒發出來，將疑問句變成祈使句。

荔枝說：「怎麼連求婚也只說一句話，你真夠惜字如金的。」

茅十八一邊抽泣，一邊說：「荔枝，你可以嫁給我嗎？」

荔枝說：「好的。」

茅十八給荔枝戴戒指，手抖得幾乎戴不上。我和其他兩個朋友冒充千軍萬馬，聲嘶力竭地嚎叫、打滾。

二〇一〇年荔枝生日，茅十八送的禮物是個導航機。大家很震驚，這禮物過於奇特，難道有什麼寓意？

茅十八羞澀地說，他花了一個多月，把導航機的語音檔全部換掉。我興奮萬分，逼著荔枝開車，一起檢驗茅十八的研究成果。

這一嘗試，我徹底回想起茅十八稱霸廢話流的光榮戰績。

在開車兜風的過程中，導航機廢話連篇：完蛋，前面有監視器。這趟搞不定了，我找不到你想去的地方。大哥你睡醒沒有，這地址是錯的吧？

大家樂不可支。最厲害的是在等紅燈時，導航機裡茅十八嚴肅地說：手剎車拉了嗎？萬一倒溜怎麼辦？你不要按喇叭，按什麼喇叭啊，前頭是個流氓的話馬上來海扁你，你又打不過他，老老實實等不行嗎，哦，你沒按喇叭，算我沒講……

大家笑得眼淚都出來了。荔枝笑得花枝亂顫，說：「你平時不吭聲，怎麼錄音囉唆成這樣？」

茅十八說：「上次去稻城，你不是嫌導航機太古板，不夠人性化嗎，我就改裝了一下，以後開車你就不會覺得無聊了。」

荔枝拿起導航機，隨便一按，導航機尖叫：你不會是想關掉我吧，我又沒犯法，你關，你關，下次我不當導航機了，換根二極管改當收音機，你咬我啊……

所有人嘆服。

3

二〇一一年，茅十八和荔枝分手。

荔枝把茅十八送她的所有東西裝進箱子，送到我的酒吧。

我說：「茅十八還沒來，在路上，你等他嗎？」

荔枝搖搖頭，說：「不等啦，你替我還給他。」

我說：「他有話想和你說的。」

荔枝說：「無所謂了，他一直說得很少。」

我說：「荔枝，真的就這樣？」

荔枝走到門口，沒回頭，說：「我們不合適。」

我說：「保重。」

荔枝說：「保重。」

那天茅十八沒出現，我打電話他也不接。去他在電子商場的櫃檯找，旁邊的老闆告訴我，他好幾天沒來做生意了。

最後在一家小酒館偶爾碰到，他喝得很多，面紅耳赤，眼睛都睜不開，問我：「張嘉佳，你去過沙城嗎？」

我想了想：「是敦煌嗎？」

他搖頭說：「不是的，是座城市，裡面只有沙子。」

我說：「你喝多了。」

他趴在桌上睡著了。

4

就這樣，荔枝的紙箱放在我的酒吧裡，茅十八從來沒有勇氣過來拿。

有天店長坐我車回家，拿導航機出來玩，我看著眼熟，店長撇撇嘴說：「亂翻翻到的。」她一開機，導航機發出茅十八的聲音：老子沒電了你還玩。嚇得店長雞飛狗跳，說見鬼了，抱頭狂嚎。

我打電話給茅十八：「東西還要不要？」

茅十八沉默了一會兒，說：「不要了，明天回老家泰州。」

我說：「回去幹嘛？」

茅十八說：「家裡在新城商業街替我租了個店鋪，我回去賣手機。」

我忽然心裡有些難過，也沒有話，剛想掛手機，茅十八說：「賣手機挺好的，萬一碰到個年輕貌美的女子，成就一段姻緣，棒棒的。」

我說：「你加油。」

茅十八說：「保重。」

我說：「保重。」

5

二〇一二年八月，我心情很差，開車往西，在成都喝了頓大酒，次日突發奇想，還是去稻城看看。

雖然只有一個人，但沿途聽著導航機茅十八的胡說八道，一會兒「跑那麼快要死啊，掉進溝裡我又不能幫你推」，一會兒「一百公尺後左轉，他媽的你慢點兒」，倒也不算寂寞。

我覺得茅十八真是天才，我忘記插電源，亮紅燈後導航機瘋狂地喊：老子沒電了老子沒電了，你給老子點兒電啊！

我差點兒笑出來，趕緊插電源。

翻過折多山、跑馬山、海子山、二郎山，想看牛奶海和五色海的話，要自己爬上去。我覺得很累，於是停在沖古寺。綠的草、藍的水、紅的葉、白的山，我看著這一場秋天的童話發呆。

導航機突然「嘟」的一聲響了。

是茅十八的聲音：

荔枝，你又到稻城了嗎？這定位是沖古寺，我向你求婚的地方。抵達這個目的地，我就會對你說：因為是最藍的天，所以你是天使。你降臨到我的世界，用喜怒哀樂代替四季，微笑就是白晝，哭泣就是黑夜。

我喜歡獨自一個人，直到你走進我的心裡。從那以後，我只想和你在一起，我不喜歡獨自一個人。

我想分擔你的所有，我想擁抱你的所有，我想一輩子陪著你，我愛你，我無法抗拒，我就是愛你。

荔枝，我在想，當你聽到這段話的時候，是我們結婚一周年呢，還是帶著小寶寶自駕遊呢？我站在那一天的天空下，和今天的自己一起對你說，荔枝，我愛你。

聽著導航機裡茅十八的聲音，我的眼淚湧出眼眶。

那一天在雲影閃爍的山坡上，草地無限柔軟，茅十八跪在女孩前，說：「荔枝我愛你。」

今天在雲影閃爍的山坡上，草地無限柔軟，茅十八的影子跪在女孩的影子前，說：「荔枝我愛你。」

這裡無論多美麗，對於茅十八和荔枝來說，都已經成為沙城。

一個人的記憶就是座城市，時間腐蝕著一切建築，把高樓和道路全部沙化。如果你不往前走，就會被沙子掩埋。

沙城就是一個人的記憶。

偶爾夢裡回到沙城，那些路燈和腳印無比清晰，而你無法碰觸，一旦雙手陷入，整座城市就轟隆隆地崩塌。把你的笑逐顏開，把你的碧海藍天，把關於我們之間所有的影子埋葬。

如果你不往前走，就會被沙子掩埋。所以我們淚流滿面，步步回頭，可是只能往前走。

哪怕往前走，是和你擦肩而過。

我從你們的世界路過，可你們也只是從對方的世界路過。

哪怕寂寞無聲，我們也依舊都是廢話流，說完一切，和沉默做老朋友。

豬頭的愛情

大學室友有四個，其中睡我上鋪的叫豬頭。

夏天的時候，天氣太熱，壓根兒睡不著。

宿舍的洗手池是又寬又長一大條，豬頭熱得受不了，於是跑過去，整個人穿條內褲橫躺在洗手池裡，很涼快，他心滿意足地睡著了。

結果同學過來洗衣服，不好意思叫醒他，就偷偷摸摸地洗，沖洗衣服的水一倒，沿著水池差點兒把豬頭淹沒。豬頭醒過來之後，呆呆照著鏡子，說：「靠，為什麼我這麼乾淨？」

豬頭想買好一點的電風扇，但身上錢不夠。於是他寫了篇小說，投稿給《故事大王》，打算賺點稿費。他激動地將稿子給我看，我讀了一遍，肝膽俱裂。故事內容是男生宿舍太骯髒，導致老鼠變異，咬死了一宿舍人。

他問我怎麼樣，我沉默一會兒，點點頭說：「尚可，姑且一試。」

後來稿子被退回來了。

豬頭鍥而不捨地修改，改成男生宿舍太骯髒，導致老鼠變異，咬死了來檢查衛生的輔導員。

稿子又被退回來了。豬頭這次暴怒，徹夜不眠，改了一宿，篇幅增加一倍。

這次內容是，男生宿舍太骯髒，導致老鼠變異，咬了其中一個學生。學生畢業後成了《故事大王》的編輯，雖然明明是個處男，卻得梅毒死了。

稿子這次沒被退，編輯回了封信給他，很誠懇的語氣，說：「同學，小心我弄死你。」

豬頭放棄了賺錢的夢想，開始打GAME。他花三十塊錢，從舊貨市場買了台二手紅白機，打《三國志2》。

他起早貪黑地打，一直打到遊戲卡出問題，居然活活被他打出來六個關羽、八個曹操。

那年放假前一個月，大家全身拼湊起來不超過五十元。於是餓了三天，睡醒了趕緊到洗手間猛灌自來水，然後躺回床位保持體力，爭取盡快睡著。

第四天大家餓得哭了。

班長在女生宿舍號召了一下，裝了一麻袋零食，送到我們這兒，希望我們好好活著。當時我們看著麻袋，雙手顫抖，拿起一根麻花送進嘴裡，淚水橫流。

靠麻袋撐了三天，再次陷入飢餓。我記憶猶新，後半夜豬頭猛地跳下床，其他三人震驚地盯著他，問：「你去哪兒？」豬頭說：「我不管我要吃飯。」我說：「你有錢吃飯？」豬頭擦擦眼淚，步伐堅定地走向門口，扭動身體大喊：「我沒有錢，但我不管我要吃飯。」我們三人登時罵三字經，各種惡毒的話語，罵得他還沒走到門口，就轉身回床，哭著說：「吃飯也要被罵，我不吃了。」

清早豬頭不見了。我餓得頭昏眼花，突然有人端著一碗熱湯遞給我。我一看，是豬頭，他咧著嘴笑了，說：「我們真傻，食堂的湯是免費的呀。」

全宿舍淚灑當場。

豬頭喃喃地說：「如果有炭烤生蠔吃該多好呀，多加蒜蓉，烤到吱吱冒水。」

再後來，豬頭戀愛了。

他喜歡外系一個學姊。

豬頭守在茶水間，等學姊去拿開水。

但他不敢表白。學姊將開水瓶放在牆邊，一走遠，豬頭就把她的開水瓶偷回宿舍。一個月下來，豬頭一共偷了她十九個水瓶。

作為室友，我們非常不理解，但隱約有點兒興奮，我們可以去賣水瓶了。

一天深夜，豬頭說：「其實我在婉轉地示愛。」

我大驚，問：「何出此言？」

豬頭說：「我打算在畢業前，偷滿她五百二十個水瓶，她就知道這是520（我愛你）的意思了。」

大家齊齊沉默，心中暗想：去你的。

那時候的男生宿舍，熄燈以後，總有人站在門外，光膀子穿條內褲講電話。他們扭動身體，發出呵呵呵的笑聲，竊竊私語。

每張桌子的抽屜裡，用完的ＩＰ電話卡日積月累，終於超過了菸盒的高度。

豬頭很憤怒。他沒有人可以打電話。他決定打電話給學姊，學姊叫崔敏。

那頭崔敏的室友接的電話，說她已經換宿舍了。

豬頭失魂落魄了一晚上。

第二天，食堂前面的海報欄人頭攢動，圍滿學生。我路過，發現豬頭在人群裡面。出於好奇，我也擠了進去。

海報欄貼了張警告：某系某級崔敏，盜竊宿舍同學一萬元整，記大過，同時已交由警察局處理。

大家議論紛紛，說真是人不可貌相。

我去拉豬頭，發現他攥著拳頭，眼睛裡全是淚水。

雖然我不明白他哭什麼，但總覺得心裡也有些難受。豬頭扭轉頭，盯著我說：「崔敏一定是被冤枉的，你相不相信？」

當天夜裡，豬頭破天荒地去操場跑步。我站在一邊，看著他不惜體力地跑。一圈兩圈三圈……他累癱在草地上。

他躺了半天，掙扎著爬起來，猛然衝向女生宿舍，我怎麼追也追不上他。

後來，豬頭白天曠課，舉著家教的紙牌，去路邊找打工機會。

再後來，在人們奇怪的眼光中，豬頭和學姊崔敏一起上晚自習。到冬天，漫天大雪，豬頭打著傘，身邊依偎著小巧的崔敏。

幾年前曾經回到母校，走進那棟宿舍樓。站在走廊裡，總覺得推開３０８，門內會團團坐著四個人，他們中間有個臉盆，泡著大家集資購買的幾袋泡麵，每個人嘴裡念念有詞。

我們在網吧通宵，忽而睡覺忽而狂笑。我們在食堂喝二鍋頭，兩眼通紅，說兄弟你要保重。我們步伐輕快，在圖書館，在草地，在水邊喝啤酒，借對方的ＩＰ卡打長途，在對方突然哭泣時沉默著，想一個有趣的話題轉移他的注意力。

然後我想起豬頭狂奔在操場的身影，他跑得精疲力竭，深夜星光灑滿年輕的面孔，似乎這樣就可以追到自己心愛的女孩。

我們朗讀剛寫好的情書，字斟句酌，比之後工作的每次會議都認真，似乎這樣就可以站在春天的花叢永不墜落。我們沒有祕密，我們沒有顧慮，我們像才華橫溢的詩歌，無須冥思，就自由生長，句句押韻，在記憶中銘刻剪影，陽光閃爍，邊緣耀眼。

豬頭結婚前來南京，我們再次相聚。再也不用考慮一頓飯要花多少錢，聊著往事，卻沒有人去聊如今的狀況。因為我們還生活在那首詩歌中，它被十年時間埋在泥土內，只有我們自己能看見。

我們聊到宿舍裡那段飢餓的歲月，笑成一團。

豬頭拍著桌子喊服務生，再來一打炭烤生蠔，多加蒜蓉，烤到吱吱冒水就趕緊上。

他高興地舉起杯子，說：「我要結婚了，大家乾一杯。」

豬頭的太太就是崔敏。

很快他喝多了，趴在酒桌上，小聲地說：「張嘉佳，崔敏沒有偷那筆錢。」

我點頭，我相信。

他說：「那時候，所有人不相信她，只有我相信她。所以，她也相信我。」

我突然眼角濕潤，用力點頭。

他說：「那時候，我做家教賺了點錢，想去還給錢被偷的女生，讓她宣布，錢不是崔敏偷的。結果等我賺到費用，那個女生居然轉學了。」

他說：「那天崔敏哭成了淚人。從此她永遠都是個偷人家錢的女生。」

我有點兒恍惚。

他舉起杯子，笑了，說：「一旦下雨，路上就有骯髒和泥濘，每個人都得踩過去。可是，我有一條命，我願意努力工作，拚命賺錢，要讓這個世界的一切苦難和艱澀，從此再也沒有辦法傷害到她。」

他用力說：「那時候我就是這麼想的，以後我也會一直這麼做的。」

我大醉，想起自己端著泡麵，站在陽台上，看校園的漫天大雪裡，豬頭打著傘，身邊依偎著小巧的崔敏，他們互相依靠，一步步穿越青春。

十年醉了太多次，身邊換了很多人，桌上換過很多菜，杯裡灑過很多酒。
那是最驕傲的我們，那是最浪漫的我們，那是最無所顧忌的我們。
那是我們光芒萬丈的青春。
如果可以，無論要去哪裡，剩下的炭烤生蠔請讓我打包。

初戀是一個人的兵荒馬亂

1

加班後十二點，就去一家很熟悉的酒吧喝酒。酒吧裡的女人都被別人摸來摸去，我沒有興趣摸田園犬，田園犬也沒有興趣摸我，就呼啦啦喝了好多。

田園犬說：「你知道八卦遊龍掌講究的是先發制人，後發制於人嗎？」

我說：「制你個頭，不如制服誘惑。」

田園犬當場翻臉：「我嚴肅的時候你也嚴肅一點兒好不好？」

我心想，八卦遊龍掌很嚴肅嗎？靠。

田園犬說：「所以說，在愛情裡，一定要先去追求別人。」

我說：「追你個頭，太沒面子了。」

田園犬說：「一定要先追，因為你先追，頂多一開始丟點兒面子。如果追到了，就說明你研究了她的愛好，迎合她的喜怒，你已經慢慢滲透她的生活，等你厭倦她的時候，她卻已經離不開你。因此，在結局裡，一般提出分手的，都是先追求的那一個。」

我大驚失色：「太卑鄙了，太強大了，這算什麼？」

田園犬喝了一杯：「如果打仗需要《孫子兵法》，那麼談戀愛，需要的就是『犬子兵法』。」

透過金黃色的啤酒，我突然發現，每個女人都有了姿色。也許這就是所謂的酒色。

先發制人，後發制於人，慢慢的，當她不放心自己，才把生命託付給你的時候，你已經先發制人，先發離開。

2

六年級的時候，和班長同桌。當時總是班長拿第一名，我拿第二名，於是她是大隊長，我是中隊長。大隊長和中隊長的最大區別，就在於一般舉行儀式的時候，她大聲喊：「賴寧，你是我們的驕傲！」而我站她旁邊，嚴肅地行少先隊禮，她不喊完，我不能把手放下來。

因為少先隊禮，老子恨死了賴寧。

有一天，來了個胖胖的班主任。她在上面自我介紹，我們在下面議論紛紛。

班長：「長得真胖。」

我：「這麼胖，燉湯一定很好喝。」

班長：「才吃早飯你又餓了？」

我：「這麼胖，我一定要得到她。」

胖胖的班主任宣布了一條最新規則：每天都要睡午覺，誰睡午覺不老實，班長就把他的名字記在本子上。

從那天開始，我每天都被班長寫在本子上。唉，真想改名叫做懋罔綮，記我名字的時候，也讓她多寫幾筆。

她越是記我名字，我越是不睡，要是早點兒讓我學會生理衛生知識，就一刀砍斷她臉部肌肉，再一刀割斷她文胸（胸罩）帶子。

我之所以知道她六年級就戴文胸，是一次她又記我名字，我就抓她辮子，被她逃脫，再抓，抓到一根鬆緊帶，大叫：「哇，這是什麼？沒事把自己五花大綁幹什麼？」

結果她嚎啕大哭。

結果我要喊家長。

媽媽告訴我，這叫做文胸，男孩子不能隨便抓。

我心想：不是說應該抓好文化，文胸也算是文字輩的，為什麼不能抓？

等我長大後，再一次抓到文胸，悲哀地想，小時候沒有抓好文化啊，現在抓文胸都只能抓到A罩杯，抓不到D罩杯的。

3

迎接期末考試，終於不用午睡。班長帶了一本課外讀物，《小王子》的繪圖本。她借給全班人看，我就硬憋著，不問她借。

全班人看完了，她在後面出著黑板報，我偷偷過去：「借給我看看好不好？」

班長：「不借。」

我：「你借我看，我送你文胸。」
班長咬住嘴唇，不理我了。
我惱羞成怒，暗想，這又哪兒觸犯你了！
在期末考試前，胖胖班主任給大家算總帳，所有被記名字的都要在水泥地上打手背。
一個一個被點名，我都做好從早上打到晚上的準備，結果始終沒有叫到我。
我心想，這個胖子，難道真的被我得到了？
期末考試後，就畢業了。
畢業當天，班長送我一個包裹，裡面有兩樣東西。
一是那本《小王子》繪圖本。
一是那個記名冊。
我打開記名冊，發現密密麻麻的紀錄裡，每一天，都有一個名字被原字筆塗成一個藍塊。
送我這個東西幹什麼？我莫名其妙。

直到國中，我的智商終於提升到一百之後，有天我才突然明白，那每一天的紀錄裡，藍塊下一定是我的名字！

在她交本子之前，把我的名字都塗成了藍塊。
我衝回家，翻箱倒櫃，找到了那個記名冊，在最後一頁找到了電話號碼。可是我打那個電話號碼時，班長已經搬家了。誰也不知道班長搬到了哪裡。

於是在我的記憶裡，班長永遠成為了一個美人。

更重要的是，這把我初戀的年齡，從六年級一下子提升到了大一。

嘆氣，這跨度也太大了吧……

4

大一的時候，女孩子姜微從外地來找我。她先給我一條青箭口香糖。

我：「這是什麼？」

姜微：「口香糖。」

我：「吃得飽嗎？」

姜微：「你沒有東西吃的時候，打電話給我好不好？」

我：「沒有錢吃東西，還有錢打電話？」

姜微：「那這張電話卡你拿著。」

我：「都沒有東西吃了，我還要卡幹什麼？」

姜微：「那這張銀行卡你拿著。」

我突然淚水掉了下來，去你的電話卡，去你的銀行卡，我餓。

後來我和姜微打了半年電話。

我發現一個重要的訊息，女孩想我的時候，都是在打電話的時候哭。媽媽想我的時候，都是掛了電話後哭。

再後來，我發現很要好的朋友喜歡姜微。

於是我問姜微借了一千五百塊。

我把這十五張一百塊壓在枕頭底下。

沒有錢去吃飯的時候，不碰它。

沒有錢去網吧的時候，不碰它。

就連姜微打電話說，沒有錢交學費的時候，我都沒有還給她。

嗯，結果朋友幫她交了。

五年之後，他們結婚了。

我送了一千五百塊的紅包。

這個紅包裡的十五張一百塊，都被枕頭壓得平整，沒有一絲褶皺。

我終於還掉了這十五張一百塊，留下了一張綠色的口香糖的包裝紙。

這張綠色的口香糖包裝紙，也被枕頭壓得平整，沒有一絲褶皺。

5

上高三的時候，我沒寄宿，住在學校教師樓邊上的一棟兩層小土房裡。樓上住的是我，樓下住的是退休老校長。

永遠有電，永遠有水，通宵看武俠小說從來不用手電筒，想回去就回去，想走就走，那吶喊奔放的生活！

你讀高三的日子，有我快活嗎？現在回想，都快活得想翻空心跟頭呢。

班主任是個孤獨而暴躁的老女人。我經常因為她的孤獨，而被喊過去談心，因為她的暴躁，而在談完之後被怒罵。

悲憤之下，我索性自暴自棄。早操不出，早讀不去，心情一旦不好，連早課都不上。

這叫什麼？

魄力。

6

一天大清早，有人敲門。我開門，是個女生，還拎了個塑膠袋子。

我心想，妓女生意怎麼做到高中生這裡來了？

女生：「你沒吃早飯吧？」

我：「不吃，滾。」

女生：「這麼粗魯幹什麼？」

我：「就是這麼又粗又魯。」

女生：「是別人託我帶給你的。」

我：「別人是什麼人？」

女生：「別人不想告訴你，不要算了。」

我：「不想告訴我？那就是不用我還了吧？」

女生：「送你的為什麼要還？」

我：「哈哈哈哈，別人真好。」

女生走了，我一邊吃著芝麻球和豆漿，一邊心想，別人太窮了，早飯送這個。

我班有朵校花，爆炸美麗，爆炸智慧，學習成績永遠是年級第一。

我的願望是用法律制裁校花同學、槍斃，或者幫我考試，以上二選一。

同桌的願望是用法律制裁警衛，這樣可以半夜偷偷溜到MTV看片子，看到一半喊老闆換片！

幾年後，同桌被法律制裁了，他在承德當包工頭，偷稅漏稅拖欠工資，被判入獄三年。

當年我就知道這個同桌並非等閒之輩。一天約了我去城裡打GAME，他居然還帶了一個豬頭妹。

打到半夜，他問我借鑰匙，說要和豬頭妹住過去。

我還要打「街霸」，用鑰匙和他換了十幾個銅板。

第二天大早就出了狀況，他們出房間時被樓下退休的老校長看見了。

幸好天色不好，老校長沒有認出女生是誰，不然和豬頭妹同居，太沒格了。

無奈天色不好，老校長也沒有認出男生是誰，我房間出來的肯定是我，太委屈了。

班主任開始找我談話，臉色凝重。
教導主任開始找我談話，臉色凝重。
副校長開始找我談話，臉色凝重。
我正在絕望地等校長找我談話，接著鋃鐺入獄，我是個流氓啊流氓！一個還沒有摸過女生小手的流氓，哭跪。
突然校長就不找我了，老師們誰也不提這事了，突然就煙消雲散。我好奇得三天沒睡著覺。
某消息靈通人士私下和我說：「想知道為什麼嗎？」
我：「想。」
消息人士：「十個銅板。」
我：「好。」
消息人士：「你知道校花同學吧？」
我：「廢話。」
消息人士：「是她跑到校長那邊去，說那晚住在你房間的是她。」
我大驚：「這不玷污我的名聲嗎！」
消息人士：「滾，校花同學是咱們學校高考狀元的唯一希望，是考取重點大學的唯一希望，哪個老師會碰她？她這麼一說，自然就不追究你，事情就過去了啊。」
校花同學不但爆炸美麗、爆炸智慧，還爆炸偉大。在爆炸偉大面前，未成年同居就像天上的浮雲一樣。

7

但我後來沒想到，校花同學不比我們江湖中人，她是施恩圖報的。

從此，在校花同學的要脅下，我參加早操，參加早讀，參加早課。但校花同學後來也沒想到這麼做的弊端。

校花同學：「張嘉佳，我們一起報考南浦大學吧？」我大驚失色：「南浦大學？你以為我是校草？名牌大學，那他媽的是人上的嗎？」

「啪。」我的左臉被抽腫。

校花同學：「我們一起報考南浦大學吧？」

我：「你給我五百塊我就填。」

校花同學：「給你五塊。」

我：「五塊？你怎麼窮得像小白？」

校花同學：「小白是誰？」

我：「我家養的土狗，我在牠脖子上掛了個五塊的硬幣。」

「啪。」我的右臉被抽腫。

結果兩個人都填了南浦大學。

結果我考上了，她沒考上。

她服從第二志願，去了天津。

8

天津為什麼不是江蘇城市，搞得電話全是跨省長途，一個學期下來，抽屜裡一沓電話卡。

我消耗電話卡的歲月裡，出現了姜微。

我很少接姜微電話，就算自己在宿舍，也要室友說我不在。

因為我要等校花同學的電話。校花同學打來占線的話，還要解釋半天。

可是校花同學突然再也不打電話給我了。

打過去，她也永遠不在。

我等了一個星期。難道她死了？他媽的，一想到她死了，我就難過得吃不下飯，我真善良。

我等了一個月。就算死了也該投胎了吧？一想到她投胎了，我就寂寞得睡不著覺，我真純樸。

我等了三個月。我想去天津。

這時候，姜微從外地來找我。

她先給我一條青箭口香糖。

我：「這是什麼？」

姜微：「口香糖。」

我：「吃得飽嗎？」

姜微：「你沒有東西吃的時候，打電話給我好不好？」

我：「沒有錢吃東西，還有錢打電話？」

姜微：「那這張電話卡你拿著。」

我：「都沒有東西吃了，我還要卡幹什麼？」

姜微：「那這張銀行卡你拿著。」

我心想，姜微就是比校花同學富裕啊。

於是我問她借了一千五百塊。

我把這十五張一百塊壓在枕頭底下。

沒有錢去吃飯的時候，不碰它。

沒有錢去網吧的時候，不碰它。

姜微沒有錢交學費的時候，我都沒有還給她。

終於，姜微不理我了。她喜歡我的一個朋友，他們很合適，他們一樣……他們一樣有錢。

我始終沒有去天津，因為……要去也是校花同學來南京對不對？

9

學期末，熟悉的聲音。

校花同學：「你還好嗎？」

我：「你好久不打電話給我了。」

校花同學：「呵呵，沒有錢買電話卡。」
我：「太窮了吧你，我有錢我分你一點兒。」
校花同學：「不要分錢了，張嘉佳，我們分手吧。」
我：「……還是分錢好了。」
校花同學：「我說真的，張嘉佳，我們分手吧。」
我：「……我要分錢。」
校花同學：「張嘉佳，記得照顧好自己。」
我：「……分錢分錢。」
校花同學：「有空多打電話給媽媽，她一定很想你。」
我：「……分錢分錢。」
校花同學：「張嘉佳，你想我嗎？」
我：「……分錢分錢。」
校花同學：「不要哭了，記得有一天，我託人給你送早飯嗎？我現在還不知道你吃了沒有呢。」
我：「……我吃了。」
校花同學：「張嘉佳，記得吃早飯。對了，如果再讓你報考一次，你會選什麼大學？」
我心想，我什麼地方也不選，我找個村姑，在那二層小土樓，洞房種田澆糞，這輩子都不用買電話卡。

「張嘉佳，分手以後，你再也不要打電話給我了。」

電話就這麼掛了。

掛的時候，我已經忘記哭了，但是我好像聽到她哭了。

10

五年之後，聽到姜微和我朋友結婚的消息。我送了一千五百塊的紅包。這個紅包裡的十五張一百塊，都被枕頭壓得平整，沒有一絲褶皺。

我終於還掉了這十五張一百塊，留下了一張綠色的口香糖的包裝紙。這張綠色的口香糖包裝紙，也被枕頭壓得平整，沒有一絲褶皺。

而在這五年裡，我去過校花同學的家裡三次。她的照片一直擺在客廳靠左的桌子上。照片邊上有本筆記，有一盆花和一些水果。

照片前還點著幾根香。我抽菸，她抽香，還一抽好幾根。

看她這麼風光，可是我很難過。

我知道這筆記本裡寫著，她給誰送了早飯，她為誰背了黑鍋，她要怎麼樣騙一個笨蛋分手，她真是個斤斤計較、施恩圖報的小人。

筆記裡還夾著病歷卡。

我想，應該感謝它，不然我還要消耗電話卡。

我想，應該痛恨它，否則我不會這麼難過。

每次我會和她媽媽一起，吃一頓飯。

每次我和她媽媽吃飯，都說很多很多事情，說得很開心，笑得前仰後合。

每次我在她家，不會掉一滴眼淚，但是一出門，就再也忍不住，蹲在馬路邊上，哭很久很久。如果我是這樣，我想，那她媽媽也一定等我出門，才會哭出聲來吧。

11

在很長一段時間裡，我繼續沒有早飯吃。沒有早飯吃的時候，我就想起一個女生。

女生：「是別人託我帶給你的。」

我：「別人是什麼人？」

女生：「別人不想告訴你，不要算了。」

我：「不想告訴我？那就是不用我還了吧？」

女生：「送你的為什麼要還？」

我：「哈哈哈哈，別人真好。」

我一邊吃著芝麻球和豆漿，一邊心想，別人太窮了，早飯送這個。

送早飯的時候，校花同學和別人一樣窮。

考大學的時候，校花同學和小白一樣窮。

打電話的時候，校花同學和我一樣窮。

聽到收音機裡放歌，叫〈一生所愛〉。

我沒有抽一口，菸灰卻全掉在了褲子上。

我沒有哭一聲，眼淚卻全落在了衣服上。

電視機裡有人在說，奇怪，那人好像一條狗耶。

狗什麼狗，你見過狗吃芝麻球喝豆漿的嗎？

抽屜裡一沓電話卡，眼淚全打在卡上，我心想：狗什麼狗，你見過狗用掉這麼多電話卡的嗎？

「張嘉佳，你想我嗎？」

「……分錢分錢。」

「不要哭了，記得有一天，我託人給你送早飯嗎？我現在還不知道你吃了沒有呢。」

「……我吃了。」

「張嘉佳，記得吃早飯。對了，如果再讓你報考一次，你會選什麼大學？」

我心想，我什麼地方也不選，我找個村姑，在那二層小土樓，洞房種田澆糞，這輩子都不用買電話卡。

我會承諾很多，實現很少，我們會面對面越走越遠，肩並肩悄然失散。你會掉眼淚，每一顆都燙傷我的肌膚。你應該留在家裡，把試卷做完，而不是和我一起交了空白紙張。對不起，愛過你。

反向人

世界上，總有一個人和你剛見面，兩人就互相吸引，莫名覺得是一個整體。這是江湖術士大學室友徐超告訴我的。至於什麼原因呢？也許是機率的問題，也許是上帝的問題。

我說：「這不就是一見鍾情嗎，好多人就這樣變成了夫妻，好多人就這樣變成了知己。」

徐超神祕地說：「不是的。」

據徐超介紹，他家祖輩在明朝出過相學大師，但沒什麼祕籍保存，只世代流傳了些邊角料。他不懂星座血型，但是他說，通過人的長相和姓名，基本就可以判斷他的一生。

比如，人的相貌，會決定你從小周邊的人對你是什麼態度。

濃眉的面相凶，少人親近；方臉的面相正，易得信任；嘴大的大家喜歡覺得有趣可愛，常跟你開玩笑，於是活潑奔放；眼細的大家覺得你心機重，不會跟你聊太深，於是表裡不一。你的長相決定了他人對你的態度，他人對你的態度決定了你的性格，你的性格決定了一生的路。

至於姓名，正常情況下都是父母取的，代表了長輩對你的期望、當時家裡的境遇，訊息很豐富。家庭環境對人的性格一樣有影響，兩者都是一個道理，性格即命運。

你找什麼樣的工作，你和什麼樣的人結婚，在你長相和名字確定的時候，就已經不可更改。

那成年後的整容、改名還有用嗎？

你說呢。

徐超說，世界上，總有一個人和你剛見面，兩人就互相吸引，莫名覺得是一個整體。

這就是你的反向人。為什麼叫反向人呢？

你們的運氣是共同的整體。兩人相加是一百，那麼你占五十，那麼他也占五十。如果你占九十，那麼他就只剩下十。當然，如果他占一百，那麼，你就快死亡了。

你加薪那一天，說明世界上有另一個人，可能剛掉了錢包；在你絕症突然痊癒時，說明世界上有另一個人，可能剛剛高速失事死於非命。

如果你每天鍛鍊身體，招財進寶，那世界上有一個人，他將會體虛多難，窮困潦倒。反之亦然，所以你的一生，都在與他爭奪生命的質量。

從你出生起，這個人就與你休戚相關，而你們永遠都在看不見的戰場。所以，要是永遠碰不到也好。要是碰到，是個同性也好，大不了各自競爭。就怕碰到了，還是異性。

可怕死了，趕緊吃個宵夜睡個好覺，不求及格，好歹能過五十。

河面下的少年

張萍烙在我腦海的，是一個油畫般的造型，穿著有七、八個破洞的T恤，蹲在夕陽下，深深吸一口菸，緩緩吐出來，淡淡地說：「我也想成為偉大的人，可是媽媽叫我回家種田。」

這個故事和青春關係不是很大。

青春是叢林，是荒原，是陽光炙熱的奔跑，是大雨滂沱的佇立。

張萍是河面下的少年，被水草糾結、浮萍圍繞，用力探出頭呼吸，滿臉水珠，笑得無比滿足。他平躺在水中，仰視天空，雲彩從清早流到夜晚，投下影子洗滌著年輕的面孔。

他是我的國中同學。我在國三才接觸二十六個字母，是被母親硬生生揪到她的學校。我當時的夢想是做足球運動員，再不濟也要成為鄉村古惑仔，拗不過長輩還是跳進了九年制義務教育的最後一年。

班主任分配了學習成績最好的人和我同桌，就是張萍。我對他能夠迅速解開二元二次方程式很震驚，他對我放學直奔撞球室敲詐低年級生很嚮往，於是互相棄暗投明，我的考試分數直線上升，他的流氓氣息越發濃厚。

我們喜歡《七龍珠》。我們喜歡北條司。我們喜歡貓眼失憶後的那一片海。我們喜歡馬拉度納。我們喜歡陳百強。我們喜歡〈今宵多珍重〉。我們喜歡喬峰。我們喜歡楊過在流浪中一天比一天冷清。我們喜歡遠離四爺的程淮秀。我們喜歡《笑看風雲》，鄭伊健捧著陳松伶的手，在他哭泣的時候我們淚如雨下。我們喜歡夜晚。我們喜歡自己的青春。我們不知道自己會喜歡誰。

畢業班周末會集體到學校自習，下午來了幾個小混混，在走廊砸酒瓶，嬉皮笑臉地到教室門口喊女生的名字，說不要念書了，跟他們一塊兒到鎮上溜冰去。

他們在喊的林巧，是個長相普通的女生，我立刻就失去了管閒事的興趣。張萍眉頭一皺，單薄的身體拍案而起，兩手各抓一枝鋼筆，在全班目光的注視下，走到門口。

混混吹了聲口哨，說：「讓開，雜種。」

張萍也吹了聲口哨，可惜是破音，他冷冷地說：「Are you crazy?」

接著幾個人廝打成一團，混混踹他小腹、抽他耳光，他拚盡全力，奮力用鋼筆甩出一坨一坨的墨水，轉眼混混滿臉都是黑乎乎的。

等我手持削筆刀上去的時候，小流氓們汗水混著墨水，氣急敗壞，要同伴去洗臉。

張萍吐口帶血的唾沫，淡淡地說：「書生以筆殺人，當如是。」

從那天開始，林巧三不五時找他借個東西，問個題目，邀請他去鎮上溜冰。張萍其他都答應，只有溜冰不同意，他說，不幹和流氓同樣的事情。

國中畢業臨近，同學們即將各奔前程，大部分都要回去找生活。這裡是蘇北一個寂寂無聞的小鎮，能繼續讀專科已算不錯。女生們拿著本子找同學簽名，寫祝福語。林巧先是找所有人簽了一圈，然後換了個乾淨空白的本子，小心翼翼地找到張萍。

張萍吐口菸，不看女生，淡淡地說：「Are you crazy?」

林巧漲紅了臉，舉著本子堅持不收回去。張萍彈開菸頭，湊到女生耳邊，小聲說：「其實，我是個同性戀。」

林巧眼淚汪汪，默默收起本子走開。

大概三、四天後，上次的混混埋伏在張萍回家的路上，一板磚把他從自行車上砸下來，打了足足五分鐘。

大學畢業後一次回老家，我從另外的國中同學口中偶然知道，林巧國中一畢業，就和那幾個混混成天在一起，十八歲嫁給了其中一個混混，十九歲生小孩，二十一歲離婚，又嫁給了另外一個混混。

張萍腦袋綁著紗布參加高中入學考，結束那天黃昏，我們一起坐在操場上。夕陽染得他面孔金黃，他叼一根菸，沉默良久，說，家裡農務太多，不太想讓他念書。

我接不上話。

他淡淡地說：「我也想成為偉大的人，可是媽媽叫我回家種田。」

我拍拍他肩膀，他又說：「我一定要念書，去城市看看。因為我感覺命運在召喚我，我會有不平凡的宿命。」

他扔掉菸頭，說：「我想來想去，最不平凡的宿命，就是娶一個妓女當老婆，我有預感，這就是我的宿命。」

高中入學考成績出來，我們在不同的高中。我忘了他家裡賣掉些什麼東西，總之還是讀下去了。

從高中入學考結束，第二次見面卻是三年後。我在南大，他在南航。

他的大學生涯到了我不可企及的高度。大二退學，因為他預感自己應該上北大，於是重讀高三。一、兩年杳無音訊，突然我宿舍半夜來電，湊巧那一陣SARS，我被勒令回校，接到了電話。

他說：「沒有考取北大，功虧一簣。」

我問：「差多少？」

他說：「差得不多。」

我問：「那差多少？」

他說：「不多，也就兩百來分。」

我問：「……那你讀了什麼學校？」

他說：「連雲港一家專科院校。」

我問：「草莓呢？」

他默不作聲。

草莓是他在南航的女朋友。我在南大的浦口校區，到他那兒要穿越整座城市，所以整個大一只相聚過兩次。

他跟福利社的店員搞曖昧，她小個子，臉紅撲撲的，外號草莓。草莓是四川人，比我們大三歲，來南京打工，扯了遠方親戚的關係，到學校超市當店員。

福利社旁邊就是學生餐廳，我們在餐廳喝酒，張萍隔三差五跑到福利社，隨手拿點瓜子花生等小玩意。草莓總是笑嘻嘻的，他還假裝要付帳，草莓揮揮手，他也懶得繼續假裝，直接就拿走了。

後來，他直接拿了條紅塔山香菸，這下草莓急了，小紅臉發白，多了五、六十塊呢，帳目填不平的。

張萍一把摟住草莓，不管旁邊學生的目光，憂鬱地說：「我沒錢買菸，但知道你有辦法的。」

我不知道草莓能有什麼辦法，估計也只能自己掏錢填帳。

第二次約在城市中間的一個夜排檔。我說草莓挺好的，他吸口菸，淡淡地說：「Are you crazy?」

我不吭聲。

他又說：「我感覺吧，這女孩子有點兒土，學歷也不高，老家又那麼遠，我預感將來不會有共同語言。」

他的BB CALL從十一點到後半夜兩點，一共響了起碼三十次。他後來看也不看，但CALL機的震動聲在深夜聽來十分刺耳，於是提起一瓶啤酒，高高地澆下來，澆在CALL機上，澆完整整一瓶。CALL機進了水，再也無法響了。

他打個酒嗝，說：「我花了一個月生活費買的。他媽的。」

響了三十次的CALL機，於是寂靜無聲。

讓你不耐煩的聲聲召喚，都發自弱勢的一方。

喝到凌晨近四點，喝到他路都走不了。於是我問老闆借了店裡的固定電話，扶著踉踉蹌蹌的他，奮力過去撥通草莓的CALL機號碼。

傳呼中心接通了，他只發了一句話：我在某某路喝多了。

五點，氣喘吁吁的草莓出現在我們面前。她只曉得路名，不曉得哪家店，只能一家一家找過去。南航到這裡二十分鐘，也就是說她找了四十分鐘，終於找到了我們。

張萍趴在桌子上，動不動就要從凳子上滑下去。女孩一邊扶著他，一邊喝了幾口水。

我要了小瓶的二鍋頭，心想，我再喝一瓶。

草莓突然平靜地說：「他對我很好。」

我「哦」了一聲。

草莓說：「學校福利社一般都是交給學校職員親戚，我們這家是租賃合同簽好，但關係不夠硬，所以有個職員親戚經常來找麻煩，想把老闆趕走。」

我一口喝掉半瓶。

草莓說：「有次來了幾個壞學生，在福利社鬧事，說洋芋片裡有蟲子，讓我賠錢。老闆的CALL機打不通，他們就問我要。我不肯給，他們就動手搶。」

草莓扶起被張萍弄翻的酒杯，說：「張萍衝過來和他們打了一架，右手小指骨折了。」

草莓笑起來，說：「後來他也經常拿我的東西，但是從來不拿洋芋片，說不幹和流氓一樣的事情。」

我說：「他就是這樣。」

草莓說：「嗯，他還說有預感要娶個妓女做老婆。我不是妓女，我是個打工妹，而且，沒讀過大學。」

草莓蹲下來，蹲在坐得歪七倒八的張萍旁邊，頭輕輕靠著他膝蓋，鼻翼上一層薄薄的汗珠。

張萍無意識地摸摸她頭髮，她用力微笑，嘴角滿是幸福。

我喝掉了最後半瓶。

草莓依舊蹲著，把頭貼得更緊，輕聲說：「老闆已經決定搬了。」

我說：「那你呢？」

草莓依舊用力微笑，眼淚嘩啦啦流下來，說：「我不知道。」

我知道自己喜歡你。

但我不知道自己將來在哪裡。

因為我知道，無論哪裡，你都不會帶我去。

高中文憑的小個子女孩蹲在喝醉的男生旁邊，頭靠著男孩膝蓋。

路燈打亮她的微笑，是那麼用力才變得如此歡喜，打亮她濕漉漉的臉龐。

在我迷濛的醉眼裡，這一幕永遠無法忘記。

這是大學裡我和張萍最後一次見面。中間他只打了幾個電話，說退學重考，結果考了個連雲港的專科院校。斷斷續續聯繫不到三次，再見面，是五年之後。

五年之後，我們相約中華門的一家破爛小飯館。我問他：「畢業後去哪兒了？一年沒聯繫。」

他吐口菸，淡淡地說：「走私坐牢了。」

我大驚失色，問：「怎麼了？」

他說：「畢業後家裡託關係，做獄警，實習期間幫犯人走私，就坐牢了，關了一年才出來。」

我沉默，沒有追問細節，說：「那你接下來打算？」

他又醉了，說：「在中華門附近租了個車庫住，快到期了，我打算帶著老婆回老家結婚。」

我腦海中驀然浮起草莓的面孔，不由自主地問：「你老婆是誰？」

他點著一根菸，淡淡地說：「你還記得我在國中畢業那天跟你說過的話嗎？」

我搖搖頭。

他說：「我當時預感自己會娶個妓女，果然應驗了。」

夜又深了，整個世界夜入膏肓。他乾了一杯，說：「我愛上了租隔壁車庫的女人，她是在理容院做按摩的，手藝真不錯，不過我愛的是她的人。」

這頓酒喝得我頭暈目眩，第一次比他先醉倒，不省人事。醒來後我在自己租的房子裡，書桌上留著他送給我的禮物，十張毛片。

又過了一年，他打電話來，說：「我離婚了。」

我沒法接話。

他說：「我們回老家村子以後，那婊子跟村裡很多男人勾搭，被我媽抓到幾次現行。我忍無可忍，就和她離婚了。結果她就在我家邊上又開了家理容院。他媽的。」

我莫名其妙地問了一句：「你還會不會解二元二次方程組？」

他說：「會啊。」

我說：「那下次我們一起回國中，看看新建的教學大樓吧？」

他說：「好。」

又過了三年，我回老家過年，突然想起來這個約定，就打電話到他家。他媽媽說，他找了個搞手機生意的女人，去昆山開商鋪了，過年沒回來。

我掛下電話，一個人去了國中。

到當年國中一位老師家裡吃飯，這個老師本來是代課老師，不是正職，這兩年終於轉正。他太太買菜回來，我一眼就認出了她是林巧。

林巧笑呵呵地說：「我聽說是你，就買了肉魚蝦，今天咱們吃頓好的。」

幾杯酒下肚，國中老師不勝酒力，搖搖晃晃地說：「我轉正職多虧林巧，林巧的前夫是鎮長的兒子，他要和林巧離婚，林巧就提了個條件，幫我轉正。」

我沒有辦法去問，問什麼呢？問林巧自個兒離婚，為什麼要幫你轉正？

林巧一直沒喝酒，這時候也喝了一杯，臉頰通紅，說：「不瞞你說，高中入學考試那天，是我找人打張萍的，這個狗東西。算了，你要是看到他，就替我道歉。」

我也醉眼惺忪，看著林巧，突然想起來一幅畫面，高中文憑的小個子女孩蹲在喝醉的男生旁邊，頭靠著男孩膝蓋。路燈打亮她用力的微笑，打亮她濕漉漉的臉龐。

我知道你喜歡我。

但我不知道自己將來在哪裡。

因為我知道，無論哪裡，我都沒法帶你去。

寫在三十二歲生日

不能接受自己的歲數要三字開頭，不能接受了整整七百三十天。逐漸發現，很多事情的時間單位越來越長，動輒幾年幾年。通訊錄裡一些號碼七、八年沒有撥通過，可每次都會依舊存進新手機。電腦裡的歌沒有下載新的了，起碼四、五年，終於徹底換成了線上電台。

總覺得好多想做的沒有做，可回顧起來，簡歷裡已經塞滿了荒唐事。可以通宵促膝長談的人，日日減少，人人一屁股爛帳。以前常常說，將來要怎麼怎麼樣，現在只能說，以前怎麼怎麼樣。至於將來，可能誰都不想談會是怎麼樣。

大學考完送我他珍藏的所有孟庭葦卡帶的哥們兒，女兒六歲的時候我們才再次相見。KTV裡點一首〈冬季到台北來看雨〉，然而我人在台北的時候，根本沒有想起他。甚至路過他工作所在的城市，也只是滑滑手機，看到號碼卻沒有打過去。事實證明碰了頭，的確沒有太多話要說。舊底片哪怕能在腦海放映一遍，也缺篇少頁，不知開章，不知尾聲。

其實有滿腹話要說，可對面已經不是該說的人。

這半年，大概算我最艱難的半年。醉倒在酒吧和客廳不下一百次，活活用啤酒增肥七公斤。

然而沒有關係，因為沒有找人傾訴過一次，甚至確鑿地認定，安慰都是毫無作用、毫無意義的，不如聽哥們兒講一個笑話。

用過往的經驗來說，現在無法碰觸的部分，終將可以當作笑話來講。

我們聚集在一起，就是因為大家都有一肚子笑話。

這樣其實不錯，我認清自己是改變不了自己的，當然也不能改變別人。一切的跌跌撞撞，踉踉蹌蹌，都源於自己的無法改變。花了那麼多精力和時間，到頭來卻發現自己不需要改變，並且樂此不疲，痛不可抑，沒有一個違心的腳印。

大學有年生日恰好在老家，第二天早上要趕車，我起得晚了，來不及吃母親煮好的麵。匆忙背著包出門，媽媽追到門口，說自己要小心啊。沒有聽到爸爸的聲音，但我知道他就站在陽台上看著我的背影。聽到這帶著哭腔的聲音，快步下樓的我擦擦眼淚，決定從此不跟他們說任何一件不好的事情。

我喜歡牽著父母的手一起走路，不管是在哪裡。

至於其他的，日夜地想，想通了，就可以隨意歇息。靠著樹幹坐下，頭頂滿樹韶光，枝葉的罅隙裡斜斜地透著記憶，落滿一地思念。醒來拍拍褲管，向不知名的地方去。

曾經在超市，在零食那一排貨架前，接著電話。到底要什麼口味的洋芋片？原味的。找不到啊。你面對貨架，從左往右數，第二排第三列就是的。果然是的。

今天去的時候，沒有電話，發現洋芋片都搬到了另外一邊。

不管是人生還是超市，都會重新洗牌的，會調換位置的。
能找到自己想要的東西就好，能買單就好。
寫在三十二歲生日。並祝自己生日快樂。

我希望有個如你一般的人

管春是我認識的最偉大的路癡。

他開一家小小的酒吧，但房子是在南京房價很低的時候買的，沒有租金，所以經營起來壓力不大。

他和女朋友毛毛兩人經常吵架，有次勸架兼免費搭伙，我跟他倆在一家餐廳吃飯。兩人怒目相對，我埋頭苦吃，管春一摔筷子，氣沖沖去上廁所，半小時都沒動靜。毛毛打電話，可他的手機就擱在飯桌，去廁所找也不見人。

毛毛咬牙切齒，認為這狗東西逃跑了。結果他滿頭大汗地從餐廳大門奔進來，大家驚呆了。他小聲說，上完廁所想了會兒吵架用詞，想好以後一股勁兒往回跑，不知道怎麼穿越走廊就到了新華書店，人家指路他又走到了正洪街廣場。最後想了招狠的，索性叫車。司機一路開又沒聽說過這家飯館，描繪半天已經開到了鼓樓，只好再換輛車，才找回來的。

在新街口吃飯，上個廁所迷路迷到鼓樓。毛毛氣得笑了。

他們經常吵架的原因是，酒吧生意不好，毛毛覺得不如索性轉手，買個房子準備結婚。管春認為酒吧生意再不好，也屬自己的心血，不樂意賣。

當時我大四，他們吵的東西離我太遙遠，插不進嘴。吵著吵著，兩人在二〇〇三年分手。毛毛找了個家具商，常州人。這是我知道的所有訊息。

而管春依舊守著那家小小的酒吧。

管春說：「這婊子，虧我還跟她聊過結婚的事情。這婊子，留了堆破爛走了。這婊子，走了反而乾淨。這婊子，走的時候掉了幾滴眼淚還算有良心。」

我說：「婊子太難聽了。」

管春沉默了一會兒說：「這潑婦。」說完就哭了，說：「老子真想這潑婦啊！」

我那年剛畢業，每天都在他那裡喝到支離破碎。有一天深夜，我喝高了，他沒沾一滴酒，攙扶著我進他的二手派力奧（Palio），說到他家陪我喝。早上醒來，車子停在國道邊的草叢，迎面是塊石碑，寫著安徽界。

我大驚失色，酒意全無，劈頭問他什麼情況。管春揉揉眼睛說：「上錯高架口了。」我說：「那你下來呀。」他羞澀地說：「我下來了，又下錯高架口了。」

我剎那覺得腦海一片空白。

管春說：「我怎麼老是找不到路？」

我努力平靜，說：「沒關係。」

管春說：「我想通了，我自己找不到路，但是毛毛找到了。她告訴我，以前是愛我的，可愛情會改變，她現在愛那個老男人。我一直憤怒，這不就是變心嗎，怎麼還理直氣壯的？現在我想通了，變心這種事情，我跟她都不能控制。就算我大喊，你他媽不准變心！她就不變心了嗎？我×變心他大爺！」

我說：「你沒發現跡象？有跡象的時候，就得縫縫補補的。」

管春搖搖頭，突然暴跳：「縫你個頭！都過去了，我們還聊這個幹嘛？總之雖然我想通了，但別讓我碰到這婊……這潑婦！」

我心想這不是你開的頭嗎！發了會兒呆，我問：「你身上有多少錢？」他回答兩萬。我數數自己有一萬五千多，興致勃勃地說：「我有條妙計，要不咱們就一路開下去吧，碰到路口就扔硬幣，正面往左，反面往右，沒心情扔就繼續直走。」

一天天的，毫無目標。磕磕碰碰大呼小叫，忽然寂靜，忽然喧囂，忽而在小鎮啃燒雞，忽而在城裡泡酒吧，艱難地穿越江西，拐回浙江，斜斜插進福建。路經風光無限的油菜田，倚山而建的村莊，兩邊都是水泊的窄窄田道，沒有一盞路燈，月光打碎樹影的土路，很多次碰見寫著「此路不通」的木牌。

快到龍岩車子拋錨，引擎蓋裡隱約冒黑煙，搞得我倆不敢點火。管春嘆口氣，說：「正好沒錢了，這車也該壽終正寢，找個汽車修理廠能賣多少是多少，然後我們買火車票回南京。」

最後賣了五千多塊。拖走前，管春打開後車廂，呆呆地說：「你看。」我一看，是毛毛留下的一堆物件：相冊、明信片、茶杯、毛毯，甚至還有牙刷。

「砰」的一聲，管春重重蓋上後車廂，說：「拖走吧，我從此不想看到她。就算相見，如無意外，也是一耳光。」

我遲疑地說：「這些都不要了？」

管春丟給我一張明信片，說：「我和毛毛認識的時候，她在上海讀大學。毛毛很喜歡你寫的一段話，抄在明信片上寄給我，說這是她對我的要求。狗屁要求，我沒做到，還給你。」

我隨手塞進背包。

拖車拖著一輛廢棄的派力奧和滿載的記憶，走了。

管春在煙塵飛舞的國道邊，呆立了許久。

我在想，他是不是故意載著一車回憶，開到能抵達的最遠的地方，然後將它們全部放棄？

回南京，管春拚命打理酒吧，酒吧生意開始紅火，不用周末，每天也都是滿客。攢一年錢重買了輛帕薩特（Passat），酒吧生意已經非常穩定，就由他妹妹打理，自己沒事帶著狐朋狗友兜風。

夏夜山頂，一起玩的朋友說，毛毛完蛋了。我瞄瞄管春，他面無表情，就壯膽問詳情。朋友說，毛毛的老公在河南買地做工程，碰到騙子，沒有土地權狀，千萬投資估計打水漂兒了，到處託人擺平這事兒。

過段時間，我零星地瞭解到，毛毛的老公破產，銀行開始拍賣他們家的房子。

管春冷笑，活該。

有天我們經過那家公寓，管春一腳急剎車，指著前頭一輛緩緩靠邊的大切諾基（Grand Cherokee）休旅車說：「瞧，潑婦老公的車子，大概要被法院拖走了。」

切諾基停好，毛毛下車，很慢很慢地走開。我似乎能聽見她抽泣的聲音。

管春扭頭說：「安全帶。」

我下意識扣好，管春嘿嘿一笑，怒吼一聲：「我×變心他大爺！」

接著一腳油門，衝著切諾基撞了上去。

兩人沒事，氣囊彈到臉上，砸得我眼鏡不知道飛哪兒去了。我心中一個聲音在瘋狂咆哮：這王八蛋！這王八蛋！這王八蛋！老子要是死了一定到你酒吧裡去鬧鬼！

行人紛紛圍上。我能看到幾十公尺開外毛毛嚇白的臉，和一公尺內管春猙獰的臉。

圖一時痛快，管春只好賣酒吧。

酒吧通過中介轉手，整五百萬，三百七十五萬賠給毛毛。他帶著剩下的一百五十萬，和幾個搞音樂的朋友去各個城市開小型演唱會。據說都是當地文青的酒吧，開一場賠兩萬五千。

看到這種傾家蕩產的節奏，我由衷讚嘆，真猛啊。

我也離開南京，在北京上海各地晃蕩。管春的手機永遠打不通，上QQ時，看見這傢伙偶爾在，只是簡單聊幾句。

我心裡一直有疑問，終於憋不住問他：「你撞車就圖個爽嗎？」

管春傳來個裝酷的表情，然後說：「她那車我知道，估計只能賣一百五十多萬。」

我說：「你賠她三百七十五萬，是不是讓她好歹能留點兒錢自己過日子？」

管春沒立即回覆，又傳來個裝酷的表情，半天後說：「可能吧，反正撞得很爽。」

說完這傢伙就下線了，留下灰色的大頭照。

我突發奇想，從破破爛爛的背包裡翻出那張明信片，上面寫著：

我希望有個如你一般的人。如這山間清晨一般明亮清爽的人，如奔赴古城道路上陽光一般的人，溫暖而不炙熱，覆蓋我所有肌膚。由起點到夜晚，由山野到書房，一切問題的答案都很簡單。我希望有個如你一般的人，貫徹未來，數遍生命的公路牌。

我看著窗外的北京，下雪了。

混不下去，我兩年後回南京。沒一個月，大概錢花光光，管春也回來了，暫時住我租的破屋子。兩人看了幾天電視劇，突發奇想去那家酒吧看看。

走進酒吧，基本沒客人，就一個女孩在吧台裡熟練地擦酒杯。

管春猛地停下腳步。我仔細看看，原來那個女孩是毛毛。

毛毛抬頭，微笑著說：「怎麼有空來？」

管春轉身就走，被我拉住。

毛毛說：「你撞我車的時候，其實我已經分手了。他不肯跟我結婚，至於為什麼，我都不想問原因。分手後，他給我一輛開了幾年的大切諾基，我用你賠給我的錢，跟爸媽借了他們要替我買房子的錢，重新把這家酒吧買回來了。」

毛毛說：「買回來也一年啦，就是沒客人。」

管春嘴巴一直無聲地開開合合，從他的嘴型看，我能認出是三個字在重複：「這潑婦……」

毛毛放下杯子，眼淚掉下來，說：「我不會做生意，你可不可以娶我？」

管春背對毛毛，身體僵硬，我害怕他衝過去打毛毛耳光，緊緊抓住他。

管春點了點頭。

這是我見過最隆重的點頭。一公分一公分下去，一公分一公分上來，再一公分一公分下去，緩慢而堅定。

管春轉過身，滿臉是淚，說：「毛毛，你是不是過得很辛苦？我可不可以娶你？」

「我愛你」是三個字，三個字組成最複雜的一句話。

有些人藏在心裡，有些人脫口而出。也許有人曾靜靜看著你：可不可以等等我，等我幡然醒悟，等我明辨是非，等我說服自己，等我爬上懸崖，等我縫好胸腔來看你。

可是全世界沒有人在等。是這樣的，一等，雨水將落滿單行道，找不到正確的路標。一等，生命將寫滿錯別字，看不見華美的封面。

全世界都不知道誰在等誰。

而管春在等毛毛。

我希望有個如你一般的人。這世界有人的愛情如山間清爽的風，有人的愛情如古城溫暖的陽光。但沒關係，最後是你就好。

由起點到夜晚，由山野到書房，一切問題的答案都很簡單。所以管春點點頭。

那，總會有人對你點點頭，貫徹未來，數遍生命的公路牌。

生鮮小龍蝦的愛情

有沒有想過，為什麼蝦子死了，再放鍋裡燒，味道就沒那麼好？

因為活著的蝦子，當被丟進爆油的鍋裡，牠痛啊，渾身縮緊，大叫：「幹，痛死我啦！」然後蝦子扭動、伸展、蜷縮，抱成一團死去，肉質緊致，ＱＱ彈彈。

反過來，死掉的蝦子丟進鍋裡，牠沒知覺沒反應，四仰八叉一躺，肉越燒越鬆散。

將死的蝦子也不行，奄奄一息，弱弱地吐出一句話：「哎喲喲疼的。」就掛了。

當年跑到松花江吃魚，那個鮮美滑嫩，讚。

一樣的道理，這些傻魚從小在冰冷的江水裡長大，又沒有棉毛褲穿，冷得瑟瑟發抖。牠們每天瘋狂地游泳取暖，打著寒顫，一路暴喊：「天殺的你凍死我了啊！」

就這樣，縮著身體發育，脂肪又緊又肥，好吃到顫慄。

澳洲龍蝦的肉比小龍蝦還要緊密彈牙。因為牠們活在海裡，水壓很厲害，天天被壓得透不過氣，走兩步還要喊三聲：「嘿喲嘿！」就像碼頭的縴夫，身體緊繃。壓著壓著，肉就綿密厚實，一咬「呱嗒呱嗒」的。

所以小龍蝦要好吃的話，去館子不行，要到批發市場，那裡是各省剛運回來的貨，才落地。

打開箱子，裡頭的小龍蝦昂首挺胸，跳著森巴，還瞪個眼睛，斜著瞟你。看到牠這個樣子，你還不要牠嗎！趕緊買回去洗洗涮涮下油鍋。

我是跟一個年長的朋友聊這些。

他端著酒杯，嘆口氣，說：「這是不是跟感情一樣？有了艱難的歲月，才可以造就甜美。共苦過，同甘尤其絢爛。」

我一愣：「他媽的，不知道啊。」

他說：「我有了女兒之後，突然發現自己好想把一切擁有的東西都給她。她是意外的產物，出生在計畫之外。可當她來到這個世界，我豁然找到新的意義。這麼說吧，我最著急的事情，是每天都想還有什麼可以給她，讓她開心讓她滿足。我恨不得把自己的命都給她。」

他喝了口酒，說：「不誇張，我很真誠，我真的很想把自己的命都送給女兒。」

我呆了一下，問：「那你的太太呢？」

他沉默，開口：「我的命已經給女兒了，所以，就這樣。」

我說：「我換個理解，愛吃鬼也能吃出道理來的。比如吧，現在女生動不動就想找一個男人，一個房子車子工作全部落實完畢的男人，物質生活已經接近完善的男人。可是這種現成的經濟條件，就好比一鍋死蝦子，牠們沒有經受過苦難，直接軟趴趴煎好盛在你碗裡。牠們雖然表皮明亮，然而肉質疏鬆，氣味難聞，吃著吃著就哭了，第二天還會拉肚子。」

朋友說：「嗯，我的太太就這樣。我在想，比如吧，兩個人共同還房貸，換來的房屋，你打開門的剎那，才會滿心歡喜，充滿感激與珍惜地去打造這個家。」
其實我明白，他們相逢後，女生一門心思抓住這個尚算富裕的男人，通過各種手段，兩人結合了。

三年前，朋友一家三口，和房地產投資人一家，共同去泰國旅行。
他在免稅店給太太買了一堆奢侈品，太太一高興，同意大家一起去觀看人妖表演。
表演結束後，人妖排成一長隊，歡送客人。朋友非常興奮，對著其中最美的一個人妖飛吻，打招呼，大叫「我愛你」。
太太翻臉了。
她說：「你什麼意思？」
朋友說：「我能有什麼意思，我能幹什麼？」
她說：「你這樣我心裡不舒服。」
朋友說：「好吧，那我們走吧。」
她說：「你是不是覺得這個人妖比我漂亮？」
朋友看看投資人一家，覺得面子上掛不住，下意識地調侃著消除尷尬，打了個哈哈說：「人妖當然漂亮了，不然怎麼出來混。」
太太喊：「你不是說這輩子只會覺得我漂亮嗎？」
大家無語，朋友說：「走吧走吧。」

我們常說，輕易得來的，不會懂得珍惜。

其實不然，輕易得來的，你會害怕失去。

因為自己掙來的，更可貴的是你獲得它的能力。而從他人處攫來的，你會恐懼失去，一心想要牢牢把握在手中。

朋友的太太，無比害怕失去他的心。

回到飯店，朋友跟房地產投資人在房間喝酒，兩個男人打開筆電，搜尋那個最美的人妖資料，指著螢幕讚嘆，是他媽的美。

太太進來，臉都綠了，砸了筆電，轉身就走。

朋友跟投資人道歉，打太太電話關機，衝出去尋她。

兩個人都忘記了四歲的女兒。

小女兒自己從開著的房門噠噠噠跑出來，一頭鑽進車流洶湧的街道，然後被一輛三輪車剮到。

沒有生命危險，腦震盪，從此左耳失聰。

三年後，朋友坐在這家酒吧裡，聽我胡說八道愛吃鬼的道理。

他說如果可以，想把自己的命給女兒。

說的時候，女兒正沉沉入睡，醒來後只有右耳能聽見這個世界的旋律。
說的時候，他哭得一塌糊塗，包包裡裝著離婚協議書。

我們都知道，風雨之後，才能見彩虹。
但我們都希望，最好能直接坐在彩虹裡，他人已經為你布置好絢麗的世界。
可惜別人為你布置的景致，他隨時都可以撤走。
所以，蝦子要吃活著燒的，痛出來的鮮美，才足夠顛倒眾生。

無法說出我愛你

1

上學的時候，語文老師常指責同學詞彙量太少。於是大家絞盡腦汁想新詞，我還生造出過這麼一句：像一次高空跳傘，身體飛速墜落，而心還留在雲端。坦白說我不太理解這是一種什麼感覺。

越到後來，越發現描繪最精準的句子早就存在，而且大家都用濫了。比如：整顆心沉了下去。心花怒放。耳邊嗡嗡作響。腦海一片空白。話到嘴邊又嚥了回去。聽不清楚自己在說什麼。突然覺得對面的人很陌生。胸口一痛。胸口像被錘子狠狠砸到。這句話彷彿一把刀子插進胸口。腿一軟。腳不受自己控制。淚水在眼眶打轉。氣得手直哆嗦。怒火騰地冒起，燒得失去理智。後悔得直拍大腿。恨不得把他活劈了。呆若木雞。整個世界都在旋轉。一桶冷水澆在頭上……

第一次感受到整顆心沉了下去，當時覺得除此句之外，別無描繪。後來沉得多了，已經可以分別「整顆心沉了下去」和「整個人沉了下去」的區別。

各種下沉。在黏稠窒息的沼澤中沉了下去。在無邊黑暗中沉了下去。在不見底的深海中沉了下去。在冰冷的陽光中沉了下去。在流沙中沉了下去。在脆弱的氣泡中沉了下去……

接著發現，描繪只能靠經歷來解決。很多情況的表達方式是一樣的，只有細微的差別，沒有經歷過，就無法陳述出不同。

2

看到小清新不要說矯情。看到蠢段子不要說腦殘。看到文青不要說假掰。看到詩歌不要說無病呻吟。看到意識流不要說傻逼。

每個人有自己的表達方式，如果你不喜歡，只能說明不是為你準備的。

你可以不接受，這是一種自由。但不屑和抨擊，翻到另外一個世界觀，只能說明你的無知和武斷。大家都要尊重別人對各自「精采生命」的表達。

當然以上內容，在一種情況下，我是做不到的，就是確實寫得太差。

3

我希望起身時，你會輕輕幫我撣掉衣服上不容易發現的灰塵。我希望寫字時，手邊的茶杯裡一直是我喜歡的溫度。我希望點菸時，你告訴我離今天的限額還有幾根。我希望沉默時，你一言不發在身邊我們卻不會覺得尷尬。

我希望買的鞋子是你渴望的顏色。我希望撥通你電話時你恰好想到我。我希望說早安時你剛好起床。我希望寫的書是你欣賞的故事。我希望關燈時你正泛起睏意。我希望買的水果你永遠覺得是甜的。我希望點的每首歌都是你想唱的。

如此多的希望，瑣碎零散，每個都不同。但它們悄然發生，你沒有能力明確標明進程。

這就像一杯水和一杯沙子倒在一起，哪怕失手滑落，沙子依舊是濕的，水依舊混著顆粒。

愛情是滲透到生活裡去的，就像你覺察不到血液的流淌，但你一定知道它在全身流淌。

大張旗鼓大動干戈，一定是有問題的。

這就像人家原本是塊麵包，你硬生生切開，塞了雞蛋火腿進去，活活變成三明治。

結局一般都是咆哮：好端端一個三明治，你抽走一片麵包，我雞蛋火腿撒了一地你知不知道。

大家不要做三明治，去把自己的一杯水慢慢倒進沙子裡去。

不要問我倒錯杯子怎麼辦，因為我是一個三明治。

開放在別處

表白是門技術。

有人表白跟熬湯一樣，葱薑蒜材料齊全，把女生當成一隻烏骨雞，咕嘟咕嘟小火燉著，猛燉一年半載。

有人表白跟爆炒一樣，轟一聲火光四射，油星萬點，孤注一擲，幾十秒決戰勝負。

說不上來哪種一定正確。熬湯的可能熬著熬著，永遠出不了鍋，湯都熬乾了。爆炒的可能油溫過高，炸得自己滿臉麻子，痛不欲生。

表白這門技術，屬一把鑰匙開一把鎖，這就像我們高中常做的連連看，你最好別連錯。在喜歡豪邁的女生面前裝鵪鶉，在心思玲瓏的女生面前耍計謀，在自命清高的女生面前要派頭，在魂繫豪門的女生面前演文青，在缺乏父愛的女生面前賣童真……注定都是成功率不高的。

我的大學室友大餅，看中了對面女宿舍的黃鶯。這女子平時不聲不響，逢課必上，周末帶著小水壺去圖書館看書，日升看到日落。大餅觀察幾天，決定動手。

我整個晚上都在勸說他，意思謀定而後動，那女生長相清秀，至今沒男朋友，背後一定有隱情。咱們要不策畫個長遠規畫什麼的。

第二天我去陪人喝酒，回宿舍已經熄燈，發現幾個哥們兒都不在。找了隔壁弟兄問，說他們在宿舍樓頂。

我莫名覺得有些不妙，隱隱也很期待，趕緊爬到樓頂。

幾個赤膊的漢子，以大餅為首，打著手電筒，照射對面黃鶯的宿舍窗戶。還沒等震驚的我喘口氣，他們大聲唱起了山歌。

「哎……這裡的山路十八彎，那裡的黃鶯真好看……哎……天生一個黃妹妹，就要跟大餅有一腿……哎……大餅哥哥是窮鬼，跟那黃鶯最般配……」

我一口血噴出來。

這種表白不太好打比方，就像廚房裡有人在燉湯，有人在爆炒，突然有個傻子衝進來，搶了個生蹄膀就啃。

這次失敗在大餅浩瀚的歷史中，只能算滄海一粟。他很快轉移目標，一段時間沒注意他，居然真的有了女朋友，個子小巧，名叫許多。許多對他百依百順，賢惠優良，讓弟兄們跌破眼鏡，非常羨慕。

大餅得意地說，這是黃鶯的室友，你說巧不巧。

後來出了樁奇怪的事情。學校傳言黃鶯欠了別人一大筆錢，宿舍裡眾說紛紜，比較權威的講法是，黃鶯家境不好，受了高中同學的蠱惑，加入傳銷組織，當了下線。

傳銷的產品是螺旋藻，綠色健康藥丸。黃鶯給上線交了整學期的生活費，買了一堆。問題在於她必須發展下線，不然無法回收。但她的口才不具備煽動性，忙了半個月一無所獲。

情急之下，黃鶯跟班上女生賭咒發誓，說你們交錢給我，一定會贏利。最後她直接打欠條，假設其他女生收不回成本，就當是她借的錢，由她來償還。三個女生抱著嘗試的念頭，就加入了。

錢交上去，誰也沒能繼續發展下線，很快人心惶惶，人家忍不住拿著欠條找黃鶯算帳。這事鬧大了，全校區皆有耳聞。黃鶯哭了好幾個通宵，請假回老家問父母要錢。

讓我驚奇的是，跟著大餅也不見了。他的女朋友許多接二連三打電話到宿舍，找不著人。大家不知如何解釋，躲著不見她，最後將我推出來了。

在學生餐廳，電視播放著《灌籃高手》。許多在對面一片沉默，點的幾道菜由熱變冷，我一直絮絮叨叨：「不會有事的。」

許多低著頭說：「大餅喜歡的還是黃鶯吧？我聽說他去籌錢給黃鶯。」

我腦子「嗡」一聲，雖然跟自己沒關係，卻有一種想死的感覺。

許多站起來，給我一個信封，說：「這裡有一萬塊，你幫我交給大餅。他不用還我，也不用再找我。」

她走的時候，問我：「大餅是你兄弟，你說他有沒有真的喜歡過我？」

我說：「可能吧。」

我不敢看她，所以也不知道她哭了沒有。

後來大餅沒有和黃鶯在一起。他消失了一個星期，變了模樣，隔三差五酗酒，醉醺醺地回宿舍，不再玩表白這個遊戲。

青春總是這樣，每處隨便碰觸一下，就是痛楚。

他沒找女朋友，許多同樣沒來找他。

晃過大三，晃過實習，晃過畢業論文，我們各奔東西。二〇〇五年，短暫待過北京，重回南京。

大餅是杭州一家公關公司的總經理，他出差到南京，拖我去一家富麗堂皇的酒店吃飯，說反正公款消費，都能報銷，只要在公關費用限額內就行。

幾杯下肚，他瞇著眼看我，說：「猜猜我為什麼來這裡吃飯？」

我搖頭。

他說：「當年我給了黃鶯三萬塊，她沒有要。」

我說：「為什麼？」

他說：「黃鶯自己解決的。」

我一驚。

他又搖搖晃晃地說道：「那天晚上，她跟我聊了二十分鐘，她找了個有錢的男朋友。」

我不作聲。

他繼續說：「他媽的老子心如死灰呀。畢業後才知道，她當了這家酒店老闆的小三，每個月給她一萬塊，還答應她畢業後就扶正。有錢人的話哪裡能信，真畢業了，老闆不肯離婚，只是替她安排一份工作。」

大餅神祕兮兮地湊到我耳邊，說：「她在這家酒店當經理，現在是總經理了。」

我問：「那她現在？」

大餅乾了一杯，說：「能怎樣，繼續做二奶唄。」

我認真看了他一眼，說：「你怎麼知道得這麼清楚？」

大餅一笑，說：「我壓根兒不關心，是有人跟我說的。」

結帳的時候，他掃了一眼帳單，嘿嘿冷笑，對服務生說：「我們一共吃了一萬七千多，帳單為什麼是兩萬多？」

服務生臉立刻漲得通紅，連聲道歉，拿回去重算。

服務生走開，大餅醉醺醺地說：「喊他們總經理過來，問問她，當年不要我的錢，如今卻來黑我的錢？」

我搖搖頭，說：「算了，何必，你何必見她。」

大餅定定看我，拍拍我肩膀：「兄弟我聽你的，這事就算了。別以為我不曉得，許多給我的信封裡，裡面是一萬塊，不是兩萬塊，另外的一萬塊是你貼的吧？」

我也嘿嘿一笑。

大餅掏出喜帖給我：「你一定要來，你的份子錢一萬塊，五年前已經給過了，別再給了。」

我一看喜帖，新郎大餅，新娘許多。

他樂起來，醉態可掬：「告訴我黃鶯怎樣怎樣了的，就是我太太許多。」

我說：「她們是室友，知道這些不奇怪。」

大餅一揮手：「兄弟我跟你說，女孩如果說我們不適合，我不喜歡你，也許我還會痛苦良久。只有她說，我要去當二奶，我只想嫁豪門，我就愛劈腿，那才是給對方最大的解脫，這樣的女人能愛嗎？所以你不明白，我是多麼感謝最後有這樣的答案。」

因為表示歉意，酒店送了一張貴賓卡，消費八八折。大餅說自己不在南京，就留給我用吧，填了我的資料。

司機將大餅送回旅館，我找家酒吧喝了一會兒。

我想，有機會，要聽一聽大餅和許多，他們親自講這個終究美好的故事。

第二天，酒店按照貴賓卡資料打電話過來，說為表達歉意，準備了一份禮物。我說禮物就不用了，你能不能告訴我，你們現在的總經理是誰。

對方報個名字，不是黃鶯。

我不死心，說：「會不會你們總經理換了名字，你想想看，是不是叫黃鶯？」

對方笑著說：「我們總經理是個男人，已經做了三年多，就算換過名字，以前也不會叫這麼女性化的。」

兩個月後，暴雨，奔赴杭州參加大餅的婚禮，差點兒被淋成落湯雞。

我看到了許多，依舊小巧乖順。

在敘舊的時候，許多偷偷和我說：「你們去了黃鶯的酒店？」

我點點頭。

許多看著我，眼神突然有些傷感，說：「畢業那天大家喝了好多酒，我哭得稀哩嘩啦。黃鶯問我，為什麼不同大餅在一起？我說，他喜歡的是你。她說，他現在怎麼樣？我說，跟我一樣，一塌糊塗吧。黃鶯抱著我，然後我們又喝了好多。她說，許多你要好好的。我說，一定會的。她抱著我一直哭，眼淚把我肩膀都打濕了。她一邊哭，一邊告訴了我這些事情，給酒店老闆做二奶的事情。」

許多沉默了一下，說：「其實到現在，我依舊挺不能接受的，她為什麼要選擇這麼生活？」

我的腦海裡，恍惚浮現這麼一個場景——

柔弱乾淨的女孩子，在學校廣場的台階上，滿身冷冰冰的夜色，倔強地和男孩子說，不要你的錢，我有男朋友。

然後她開放在別處。

在這處，人們簇擁著大餅，把他推近許多，兩人擁抱在一起，笑得如此幸福。

不管誰說的話真，誰說的話假，都不過是一張歲月的便箋。雨會打濕，風會吹走，它們被埋進土地，埋在你行走的路邊，慢慢不會有人再去看一眼。

我們走在單行道上，所以，大概都會錯過吧。

季節走在單行道上，所以，就算你停下腳步等待，為你開出的花，也不是原來那一朵了。

偶爾惋惜，然而不必嘆息。

雨過天晴，終要好天氣。世間予我千萬種滿心歡喜，沿途逐枝怒放，全部遺漏都不要緊，得你一枝配我胸襟就好。

小李結婚紀

我一個土豪朋友，真的土，有錢，黑，品味可怕。在我們互相稱呼蠢蛋的時候，他傻笑著說，呵呵呵呵大家喊我小李就好。

小李娶了個太太，太太好像研究哲學，長相就比較超脫。我們參加婚禮的時候，都覺得奇怪。

小李這個人怎麼說呢，在油畫和十字繡之間，他會毫不猶豫地說：給我繡個萬馬奔騰，來個一百公尺。他太太喝茶，親手燒製陶碗，說話面帶微笑。

所以他們怎麼會在一起的？

後來兩人去度蜜月，小李訂了杜拜豪華遊，被太太退了，太太說買個臥鋪，我們去安徽。

小李喜孜孜地告訴我，太太不會要包包不會要車子，不給她打電話她也不會吵，太完美了。

我想告訴他，什麼都不要的人，一定是因為不想問你要。

他們到了古鎮。小李穿著Armani，跟太太在田埂上走，皮鞋裹上爛泥，還是高高興興。小李拍天空、屋簷、土狗，毫無構圖……哇塞，醜爆了。

有次到湖邊，橋欄杆上掛滿鐵鎖，鎖上海誓山盟，情侶手拉手將鑰匙丟到湖底。小李覺得十分浪漫，跟小販討價還價，刻好他們夫妻的名字。

當時太太坐在湖邊石橋，撿著幾個石子打水漂兒，小李討好地把鎖在她面前晃。

太太皺了皺眉，這讓小李惶恐。太太不喜歡說話，但是一皺眉，就讓小李覺得自己做錯了。

太太說，情侶們在熱戀的時候，到處留下痕跡。從奶茶店的貼紙，到同心鎖、石頭記，甚至到結婚都要用對戒來證明愛情。但是越想留住越留不住，你看橋邊。

小李看橋邊，刀子刻下了：譚小紅，我要跟你生生世世。

太太說，他們也未必再回來過。

小李覺得心悅誠服，太太永遠站在他看不到的高度，說的每句話都是真理。

小李不懂浪漫，就去學，學陌生的落葉樹木叫什麼名字，去分辨乾涸的河床曾經是否流水潺潺。

他跟在太太後面走到天黑，太太選擇住農家樂。那裡面只有一張床，床墊上還有窟窿。

因為怕太太皺眉，土豪小李沒有皺眉。

他在漫長的夜晚百無聊賴，看到床頭刻了幾道淺淺的痕跡。

有一道還是新的，湊近撇開黴味和廁所下水道味，能聞出陳年木頭內部的氣息。

趁太太睡著後，小李用手機照亮，數了下，三道。

他很熟悉這些痕跡。

和太太戀愛的時候，總是跟著她到處走，他在碉樓的方向牌上見過這樣的淺淺劃痕，還有布達拉宮外長道的瑪尼石，有一塊也是這樣，還有羅布泊的碎布條，波利維亞的酒館。

所有的景色中，小李想，為什麼我總能注意到這些細節呢？

嗯，可能是太太的目光。那掠過一切都很平靜的目光，會偶爾停留一下，一小下。

可是小李時刻跟隨著太太的目光呀，所以一下子，一小下子，他就記在了心底。

這些痕跡，是太太和以前的男朋友，旅行時留下來的吧。

她不會去做那些庸俗的浪漫，她只會輕輕地，輕輕地刻一道輕輕的痕跡。

小李很痛苦，很徬徨，他不知道自己應該訂個什麼極限。他想，我該看到幾道這樣的痕跡，就放手。

人嘛，總是給自己訂個數字，許多人對自己說，半個月不聯繫的話，就分手，再提到滾字，就分手，如果她吃肥肉超過三塊，就分手。

只是小李無法做一些決定，因為太太的痕跡深深又假裝若無其事。

蜜月回來後我們見小李有絲憂愁，將他灌醉後問了原因。

我們說，什麼三橫三豎，還八心八箭呢。蠢蛋你打算怎麼辦？

小李說，你們看，我不幽默、沒才華，光有錢的話，她又不稀罕錢。她能跟我在一起，我就不會想很多。我對愛情的要求不高的，在一起就是愛了。

不管對方心底放著誰，時刻又想著誰，現在在一起，就是愛了。

後來小李太太給他生了個兒子。現在太太有時候會出來跟我們吃飯，我們還一起釣魚。

小李很滿足，他專注地盯著浮標，太太伸手給他擦了擦汗。

小李站起來，太太叫了一聲別動，替他繫好了鬆開的鞋帶。

趁太太蹲下，小李望到我在看他們，於是對我微笑。

陽光充足，時間倒映在水波裡，小李滿臉都是幸福。

我突然想哭。

晚上我和他單獨小酌，問：「小李，你到底怎麼挺過來的？」

小李笑笑：「其實我們都有忘不掉的過去。和過去打仗，是一個人的事情。但是，我可以幫助她。我幫她的方式很簡單，就是不說。」

他沉默一會兒：「幫她，就是幫我。」

不說就是幫你，幫你就是幫我。

那麼多暗夜湧動的過往，不說，是因為想跟你在一起。

在季節的列車上，
如果你要提前下車，
請別推醒裝睡的我。
這樣我可以沉睡到終點，
假裝不知道你已經離開。

最容易丟的東西

最容易丟的東西：手機、錢包、鑰匙、傘。

這四樣你不來回掉個幾輪，你的人生都不算完整。

有次雨天叫車，叫不著，千辛萬苦攔到輛還有客人的，共乘走。當時我晚飯喝燒酒喝暈，上車說了地點就睡著。醒來的時候發現自己錢包掉腳底，剛想彎腰撿，司機冷冷地說：「不是你的，上個客人掉的。」

我撿起來看了眼，他媽的就是我的啊。

司機堅持說：「不是你的，你說說裡面多少錢，必須精確到幾元幾角，才能確鑿證明。」

因為我丟錢包丟怕了，所以身分證不放裡頭，我也從來不記得自己到底裝了多少錢。司機咬緊不鬆口，就差停車靠邊從我手裡搶了。

我大著舌頭，努力心平氣和地解釋，在司機冷漠的目光裡，我突然明白了，他就是想訛我。

緊要關頭，後座傳來弱弱的女孩子的聲音：「我可以證明，這錢包就是他的，我親眼看著錢包從他褲子口袋滑出來的。」

司機板著臉，猛按喇叭，腦袋探出車窗對前面喊：「想死別找我的車啊，大雨天騎什麼自行車，趕著投胎換輛桑塔納（Santana）是吧？」

下車後我踉踉蹌蹌走了幾步，突然那女孩追過來，怯怯地說：「你的鑰匙、手機和傘。」

我大驚：「怎麼在你那兒？」

女孩說：「你落在車上的。」

當時雨還在下著。女孩手裡有傘，但因為是我的，她沒撐。我也有傘，但在她手裡，我撐不著。所以兩個人都淋得像落湯雞。

我說：「哈哈哈哈，你不會是個騙子吧？」

女孩小小的個子，在雨裡瑟瑟發抖，說：「還給你。」

我接過小物，她立刻躲進公車亭的雨篷，大概因為她跟我目的地不同，要還我東西，所以提前下車了。我大聲喊：「這把傘送給你吧！」

女孩搖搖頭。

後來她變成了我的好朋友。她叫瑤集，我喊她么雞。她經常參加我們一群朋友的聚會，但和大家格格不入，性格也內向。無論是KTV，還是酒吧，都縮在最角落的地方，雙手托著一杯檸檬水，眨巴著眼睛，聽所有人的胡吹亂侃。

這群人裡，毛毛就算在路邊攤吃燒烤，興致來了也會蹦上人行道跳一段民族舞，當時把么雞震驚得手裡的烤肉串都掉下來了。

這群人裡，韓牛唱歌只會唱〈爸爸的草鞋〉，一進KTV就連點十遍，唱到痛哭流涕才安逸。有次他點了二十遍，第十九遍的時候，么雞聽到活活吐了。

這群人裡，胡言說話不經過大腦。他見么雞一個女孩很受冷落，大怒道：「你們能不能照顧下么雞的感受！」么雞剛手忙腳亂搖頭說：「我挺好的……」胡言說：「你跟我們在一起有沒有一種被輪姦的趕腳（感覺）？」

我告訴么雞：「你和大家說不上話，下次就別參加了。」

么雞搖搖頭：「沒關係，你們的生活方式我不理解，但我至少可以尊重。而且你們雖然亂七八糟，但沒有人會騙我，會不講道理。你們不羨慕別人，不攻擊別人，活自己想要的樣子。我做不到，但我喜歡你們。」

我說：「么雞你是好人。」

么雞說：「你是壞人。」

我說：「我將來會好起來，好到嚇死你。」

朋友們勸我，你租個大點兒的房子吧，以後我們就去你家喝酒看電影，還省了不少錢。我說好，就租了個大點兒的房子。大家歡呼雀躍，一起幫我搬家。東西整理好以後，每人塞個紅包給我，說，就當大家租的。

么雞滿臉通紅，說：「我上班還在試用期，只能貢獻四千。」

我眉開眼笑，登時覺得自己突然有了存款。

一群人扛了箱啤酒，還沒等我把東西整理好，已經胡吃海喝起來。

么雞趁大家不注意，雙手抱著一個水杯，偷偷摸摸到處亂竄。

我狐疑地跟著她，問：「你幹嘛？」

么雞說：「噓，小聲點兒。你看我這個水杯好不好看？大麥叮的呢。」

我說：「一般好看吧。」

么雞說：「大家都亂用杯子喝酒，這個是我專用的，我要把它藏起來，這樣別人就找不到，不能用我的了。下次來，我就用這個。這是我專用的。」

她仰起臉，得意地說：「我貢獻了四千塊呢，這屋子裡也該有我專用的東西啦。」

說完她又開始抱著水杯到處亂竄。

大家喝多了。東倒西歪，趴在沙發上，地板上，一個一個昏睡過去。

我去陽台繼續喝著啤酒，看天上有星空閃爍，想起一些事情，心裡很難過。

么雞躡手躡腳地走近，說：「沒關係，都會過去的。」

我說：「你知道我在想什麼？」

么雞說：「在想別人唄。」她指著我手裡，問：「這是別人寄給你的明信片嗎？」

我說：「打算寄給別人的，但想想還是算了。」

我說：「么雞你會不會變成我女朋友？」

么雞翻個白眼，跑掉了。

我也喝多了，趴在窗台上睡著了。聽見么雞輕手輕腳地走近，給我披上毛毯。她說：「我走啦，都快十二點了。」

我不想說話，就趴著裝睡。

么雞突然哭了，說：「其實我很喜歡你啊。但我知道你永遠不會喜歡我，如果我是你女朋友，你總有一天也會離開我。我是個很傻的人，不懂你們的世界，所以我永遠沒有辦法走進你心裡。可我比誰都相信，你會好起來的，比以前還要好，好到嚇死我。」

么雞走了。我艱難坐起身，發現找不到那張明信片。可能么雞帶走了吧。明信片是我想寄給別人的，但想想還是算了。

上面寫著：

> 是在秋天認識你的。夏天就要過去，所以，你應該在十年前的這個地方等我。你是退潮帶來的月光，你是時間捲走的書籤，你是溪水托起的每一頁明亮。我希望秋天覆蓋軌道，所有的站牌都寫著八月未完。在季節的列車上，如果你要提前下車，請別推醒裝睡的我。這樣我可以沉睡到終點，假裝不知道你已經離開。

我抬起頭，窗外夜深，樹的影子被風吹動。

你如果想念一個人，就會變成微風，輕輕掠過他的身邊。就算他感覺不到，可這就是你全部的努力。人生就是這樣子，每個人都變成各自想念的風。

後來我離開南京。走前，大家又湊了筆錢，說給我付這裡的房租。我說沒人住，為什麼要租著。管春說：「你出去多久，我們就給你把這房子留多久。你老是丟東西，我們不想讓你把我們都丟了。」

我到處遊蕩，搭車去稻城。半路拋錨，只好徒步，走到日落時分，才有家旅館。可惜床位滿了，老闆給我條棉被。我裹著棉被，躺在走廊上，看見璀璨的星空。正喝著二鍋頭取暖，管春打電話給我，閒聊著，提到么雞。

管春說，么雞去過酒吧，和她家裡介紹的一個公務員結婚了。

我不知道她生活得如何，在瀘沽湖的一個深夜，我曾經接到過么雞的電話。她在電話那頭抽泣，不說話，我也不說話，只是靜靜聽著一個女孩子傷心的聲音。

我不知道她為何哭泣，可能那個公務員對她不好，也可能她只是喝多了。

後來，她再未聯繫我。就算我打過去，也沒有人接。又過了兩個月，我打過去，就變成空號了。

一年多後，我回到南京。房東告訴我，那間房子一直有人付房租，鑰匙都沒換，直接進去吧。

一年多，我丟了很多東西，可這把鑰匙沒有丟。

我回到家，裡面滿是灰塵。

我一樣一樣整理，一樣一樣打掃。

在收拾櫥櫃時，把所有的衣服翻出來。結果羽絨衣中間夾著一個水杯。大麥町的水杯。
我從來沒有找到過么雞的杯子在哪裡。
原來在這裡。

莫非就是這樣

我有兩個高中同學，男的叫羅格，女的叫莫菲，兩人在高三談戀愛，後來上了不同城市的大學。第一個學期還沒結束，兩人就不了了之。

那時候莫菲在火車站等待羅格，可是只等到一條CALL機訊息：不去了，我們分手吧。

去年莫菲到南京，我們喝了一會兒茶，之前打過電話給羅格，下午三點碰頭。

再次見到羅格，他正在公園抽菸，腳下全是菸頭。

羅格和太太鬧離婚，太太約他到公園談判，走的時候把他的車和錢包拿走，結果他身無分文，回不去。

我們攔計程車送他到家，怎麼也打不開門。

鄰居說，他出門不久，他丈母娘就帶著鎖匠過來，把門鎖給換了。

原來這只是一個調虎離山計。

當天晚上我們喝酒，羅格慢慢哭了，說是他的錯，陰差陽錯找了小三。可太太也不是省油的燈，發現他在外面有女人後，竊聽他手機，有次半夜醒來，太太拎把菜刀在床邊盯著他。

我們聽得無言以對，不寒而慄。

大概十點左右，太太打電話來，說離婚可以，家裡兩間房子一大一小、一輛車、一百萬存款，大房子留給羅格，其他車子公寓和存款她要拿走。

羅格掛了電話，和我們說了電話內容。莫菲說，如果是她，就算把房子還給他，也要把房子裡放一把火全燒乾淨，至少家具全砸掉，要還只還一個空屋。

醉醺醺的羅格拍案而起，說根據他對太太的瞭解，一定會這麼幹。於是他強行拖著我們，到那間小公寓，說明天要給太太，今天也把裡面全砸個痛痛快快。

來到公寓後，羅格下不了手。這裡有他們夫妻的回憶。一點點攢錢，長輩付的頭期款，咬緊牙關還的貸款。羅格舉著錘子，落不下來，抱頭痛哭。

借著酒勁兒，莫菲問羅格，當年為什麼分手。羅格沉默了一會兒，說，我們那時候不叫愛，後來我愛上了現在的太太。

莫菲又問，那為什麼現在不回頭嘗試和太太重新在一起？羅格輕聲說，那個女人已經懷孕四個月了。他重重嘆口氣，說，為什麼要到無法收拾的地步，才知道自己究竟愛的是誰？那時候已經來不及了。

第二天莫菲離開南京，我陪羅格去和他太太交換了鑰匙。

我們心驚膽顫地打開門，結果裡面打掃整潔，窗明几淨，看不見一絲雜亂。桌上一個鐵皮盒，裡頭放著羅格從大二開始寫給太太的情書，一共四十幾封。

羅格太太打來電話，泣不成聲：「我知道她懷孕了。如果你不能對愛情負責的話，那至少對一個生命負責，我不恨你。」

「你去吧。」

羅格默不作聲，淚流滿面。

我腦海裡迴響起羅格喝醉後，在公寓裡放下錘子，蹲在地上的喃喃自語：「那個女人已經懷孕四個月了，為什麼要到無法收拾的地步，才知道自己究竟愛的是誰？那時候已經來不及了。」

剛接到莫菲的結婚喜帖，我才想起這件往事。據說羅格的前妻再婚後已經移民加拿大，而他自己剛買了新車，是輛七人座的保姆車，打算帶著老婆小孩父母開車去旅行。

辜負誰，擁抱誰，犧牲誰，幸福的路七拐八繞，眼淚微笑混成一團，時間過去，一筆筆帳目已經算不清楚。

旅行的意義

有位朋友，和我一起去了菲律賓。三天過後，他跟當地做ＢＢＱ的某土著漢子混得很熟。兩個人英文都很爛，但就靠著四百以內的詞彙量每天盡情溝通。

他問土著：「Why are you so black?」（你為什麼黑成這個鬼樣子？）

土著答：「Why?」（為什麼？）

他說：「Because the sun fuck you every day, miehahahaha...」（因為你每天都被太陽猛削，咩哈哈哈哈（失態的笑聲）……）

土著拿燒紅的炭丟他褲襠。

我要認真介紹這位朋友，因為接下來大家要跟著他學習英語常用對話。

他個子不高，所以我們都叫他矮子。他的太太覺得這名字過於通俗，應該洋氣一點兒，就加了後綴，變得非常高端，叫矮子Five，聽起來像社會上流人士才會用的智慧手機。

坐國際航班，他旁邊有個外國小胖子一直哭。小胖子的金髮媽媽怎麼哄都沒用，於是矮子Five摟著小胖子，開始唱搖籃曲：「Cry...Cry...Cry...Die!」（哭吧哭吧哭吧哭斷氣了吧！）

金髮媽媽震驚得奶瓶都掉了。

抵達機場，過境的時候，矮子Five趁著工作人員替他在簽證上蓋章，趕緊問：「Do you know where we can dongcidaci?」〔你知道我們能上哪兒去「動次噠次」（以音效指代酒吧）嗎？〕

大家覺得有趣，排在後面沒管他。

菲律賓女孩眨巴眼睛，他又問：「You looks do not know dongcidaci，唉，Do you know... know where 好吃的雞翅？雞翅！Chicken fly 啪啪啪啪 Like hands 啪啪啪啪……」（你看上去不知道哪裡有「動次噠次」，那你知道哪兒有好吃的雞翅嗎？就跟手一樣的，雞翅？飛起來「啪啪啪」的？）

我們排在後面笑得前仰後合。

菲律賓女孩依舊眨巴眼睛，無語。

他覺得很無趣，掏出一個十披索的硬幣，丟在櫃檯上說：「Surprise!」（驚喜吧！）

塞普賴斯你個頭啦！這樣會被抓起來槍斃的吧？

在船上，他悄悄地問英文最好的朋友，如何在菲律賓吃得開？

朋友想了想說，你一定要學會一句英文：Keep the change。（不用找錢了。）

矮子Five如獲至寶，沉沉睡去。

下船他看中一頂帽子，開價五十五披索，他奮力還價，還到四十五披索。接著，他掏出兩張二十披索的紙幣，一枚五披索的硬幣，共計四十五披索，遞給老闆娘，嚴肅地說：I love you, so, Keep the change。（我愛你，所以不用找錢了。）

我靠！

你大爺的四姊夫啊！Keep你妹的change啊！一共正好四十五披索好嗎？You love her（你愛她）就給her一百披索可以嗎？

晚上在白沙灘泡吧，他開始泡妞。

而且他的目標還是個洋妞。

楊梅汁（洋妹子）問他：「Where are you from?」（你來自哪裡？）

他得意地笑笑，指著海洋說：「Go, go ahead, and turn left.」（走，一直往前走，然後左轉就是了。）

楊梅汁翻個白眼，說：「Go to hell!」（去死啦！）

他登時手舞足蹈，狂歌亂舞，快樂得不行。

我一把拉住他，喊：「你怎麼了？」

他得意地說，那個楊梅汁讓我Go to high。（去爽一下。）

我忍不住抽他一耳光。

矮子Five跟燒烤土著是這麼認識的。

我們沿著碼頭瞎轉悠，碰到一個ＢＢＱ攤子，老闆赤裸上身，肌肉隆起。

矮子Five很激動，問大家：「強壯怎麼說？」

我說：「應該是Strong吧。」

他興沖沖跑過去，對著老闆說：「You are so s...s...s...」（你真是太……太……）

大家都很緊張。

他終於想起來了，高興地喊：「Stupid!」（蠢！）

大家撲倒。

他又舉起自己的胳膊，驕傲地說：「Me too!」（我也是！）

老闆撲倒。

我們第二天去玩海上遊樂設施。

大家決定玩飛魚，每人一千披索，再玩沙灘車，每人兩千披索，商量這樣能不能砍砍價格，送我們一個帆船遊，價值五百披索。

這想法用英語來敘述，看起來有點兒難度，矮子Five自告奮勇去溝通。

他拿著我們的錢，跑過去十秒鐘，轉眼就回來了。

他得意地說，一句話就搞定了。

我們大驚，問，一句話怎麼砍的價？

他說：「Keep the change.」

Keep你個頭啊！

第三天，星期五沙灘搭架子搞舞台，菲律賓大明星要獻唱。

人頭攢動，我們也去湊熱鬧。

菲律賓大明星一抬手，山呼海嘯；菲律賓大明星一壓手，鴉雀無聲。

菲律賓大明星看著台下，矮子Five儘管不認識他，但依舊狂叫，狂跳，揮舞毛巾。大明星指著他，喊：「Who are you?」（你是誰？）

矮子Five狂叫：「You are so s...s...s...」

我們大驚失色，想去捂住他嘴巴已經來不及了。

矮子Five再次狂叫：「You are so Stupid!!!」

我們趕緊撤，從鴉雀無聲的人群中偷偷溜走。

在背後，傳來矮子Five更加興奮的喊聲：「I am happy! Go to hell!」（我好開心！去死吧！）

菲律賓人民圍了上來。

離開菲律賓的時候，矮子Five突然說，既然我們都想環遊世界，那麼肯定要會說一點兒英文。

我心想，媽的，你那一點兒也太少了。

矮子Five說，就算我會的英文很少，我還是會爭取一切出去旅行的機會。因為我不想再跟以前一樣難過。

矮子Five說，美食和風景，可以抵抗全世界所有的悲傷和迷惘，這是你告訴我的。

我點點頭。

矮子Five認真地說，我想通了。美食和風景的意義，不是逃避，不是躲藏，不是獲取，不是記錄，而是在想像外的環境裡，改變自己的世界觀，從此慢慢改變心中真正覺得重要的東西。

就算過幾天就得回去，依舊上班，依舊吵鬧，依舊心煩，可是我對世界有了新的看法。
就算什麼改變都沒有發生，至少，人生就像一本書，我的這本也比別人多了幾張彩頁。
這就是旅行的意義。

催眠

一九九八年，我有個高三同學，叫葛軍。他的愛好跟人不同，估計從《法制日報》之類的東西上看到催眠這一玩意兒，開始熱衷於此。

有次自習課，老師在前面批卷子。他在眾目睽睽下，施施然走上去，對著五十多歲的老頭說：「現在閉上眼睛，感覺到海洋和藍天，脫光衣服跳進去吧，讓溫暖包裹你的肌膚，好的，我數到五，你就立刻在卷子上打一百分。一、二、三、四、五……」

全場鴉雀無聲，老頭緩緩放下筆說：「要是我脫光衣服，能讓你真的考一百分的話，我倒不是很介意。」

後來葛軍被全校通報批評，但是沒有寫清楚原因。其他班級瘋了一樣流傳，原因是他對快退休的化學老師耍流氓。

大學入學考後十年，我跟他聯繫不多。直到偶然的機會，發現他居然跟我住在一個社區。

二〇〇八年，社區門口發生酒駕案，撞死七個人，三男四女。地面長長的血跡，灑水車過來洗地洗了一個多鐘頭。酒駕司機當場被逮走，他家門口被一群人堵著，裡頭有記者，應該是衝著司機家屬去的。

出事後三周，路兩邊都是燒紙錢的死者親友，深更半夜都能在家聽到哭號。天一黑，社區就陰氣森森，門口傳來幽幽的哭聲。老人說，七個枉死的冤魂在認回家的路，這段時間，大家晚上還是不要出門的好。

一天因為加班，回家後半夜一點多。計程車司機看過報紙，只肯停在社區門口。走進大門已經沒有人，我繞過一堆堆還在冒青煙的紙錢，突然感覺背後涼颼颼的，雞皮疙瘩驀然起來，不敢回頭，加快腳步往前。

我能聽到腳步聲。比我的慢一拍。

然後有人喊我：「張嘉佳，你是不是張嘉佳？」

我一回頭，看見的是個血人，路燈下全身深紅色，血滴滴答答的，面容猙獰，向我撲過來。

我嚇得當場暈過去。

醒過來躺在家裡床上，葛軍微笑著遞給我一杯熱茶。

我目瞪口呆，葛軍說，他當時也剛巧回家，碰到了我，於是對我催眠，開了個玩笑。

我結結巴巴地說：「那個血人……」

葛軍微笑著說：「是幻覺。」

我說：「那我是怎麼進家門的？」

葛軍說：「被催眠了，我指揮你認路到家，自己開門。」

我猛地跳下床，驚恐地看著他。

葛軍拿起手機朝我晃晃，我一瞧，才兩點，也就是說整個過程不到十分鐘。

我說：「催眠不是要對著人說，感覺到海洋和天空，跳下去被溫暖包裹什麼的嗎？」

葛軍說：「不，催眠主要靠節奏。人睡眠的時候，心跳的節奏會放慢。但每個人的節奏不同，高超的催眠師能在最短的時間，找到你心臟節奏，然後用外界的影響，來讓你的心臟迅速進入最適合睡眠的狀態。接著通過血液進入大腦的頻率，進而控制軀體，這就是催眠的第一階段。」

我恍然大悟：「你是用那個腳步聲……」

葛軍點點頭。

我說：「按你的講法，如此輕鬆地催眠別人，又能夠控制對方，想讓他幹嘛就幹嘛，那豈非……很危險？」

葛軍說：「是的，這個世界很危險。」

我想了想說：「那環境很嘈雜的話，就沒有辦法催眠了吧？」

葛軍搖搖頭：「不管安靜還是嘈雜，都比較容易。我甚至可以將催眠的節奏完整地錄入音樂裡，變成來電鈴聲，你一打通我的電話，就被催眠了。」

我不可思議地看著他：「所有人嗎？」

他沉默了一會兒，說：「只是對部分人有效，尤其是自我意識強烈，容易不耐煩，愛對自己發脾氣，這種人最會被外界環境干擾。比如，坐火車特別容易犯睏的，一到半夜就餓的，起床就克制不住上網欲望的，手機裝滿ＡＰＰ的，這類人被催眠的機率遠超過其他人。」

我也沉默了一會兒，說：「你怎麼半夜還在外面逛？」

他說：「因為找我的人太多，我出來躲躲。」

我一楞，吃驚地說：「不會吧……」

他點點頭，微笑著說：「對，撞人的是我太太。」

我盯著他的笑容，腦海中浮現出一個念頭，巨大的恐懼開始蔓延，手不自覺地發抖。

他依舊微笑，看著一步步往後退的我，手指豎在嘴邊，做了個噤聲的手勢，悄聲說：「她發現了我的祕密。」

我退到牆角，問：「什麼祕密？」

葛軍沒有逼近，只是微笑，說：「我這樣的人有很多很多，存在於每個城市的每個角落。你知道誰會雇用我們？」

沒等我回答，他繼續說：「別猜了。來，一、二、三、四、五，你家的房子該拆遷了。」

陪你笑著逃亡

我有個朋友，是富二代，非常有錢，屬那種倒拎起來抖兩下，嘩啦啦掉滿地金銀財寶的人。我窮困的時候，就想辦法到他那兒削點錢。他酒量不好，就哄他去酒吧，然後誰比誰少喝一瓶，就輸五百塊。

開始我每次能賺一千、一千五，但這完全是血汗錢，比賣身還要高難度，次日頭昏眼花躺著起不來。

我躺在床上輾轉反側，一大早興沖沖到他公司，說：「老趙，換個模式吧，我們來對對聯，誰對不出來，輸五百。」

老趙差點兒把茶杯捏碎，憤憤說：「你這個太赤裸裸了。」

當天晚上，他背著包換洗衣服到我家，要住兩天。我翻箱倒櫃，家裡只有一袋米，隨便煮了鍋粥，他咂咂嘴，說：「真香。」

我靈機一動，說：「老趙，換個模式吧，誰先走出家門，就輸五千塊。」

老趙心滿意足地縮進沙發，表示同意。

第二天我們睡覺，看電視，喝粥。

第三天我們睡覺，看電視，喝粥。

第四天我們睡覺，看電視，喝粥。我顫抖著問：「老趙，你生意也不出去管管？」

第五天我們睡覺，看電視，喝粥。老趙眼睛血紅，在門口徘徊，突然衝到我面前，瘋狂咆哮：「老子是富二代，老子不要喝粥，老子家裡有五、六座商城，七、八個工廠，老子為什麼要在這裡喝粥?!你回答我啊嗚嗚嗚嗚嗚誰他媽再讓我喝粥我咬死這壞蛋啊我要吃蹄膀嗚嗚嗚嗚嗚嗚……」

半夜我餓醒了，聽到廚房有動靜，摸索著過去，發現老趙在煎東西。偌大的鍋子，半鍋油，裡面飄著三、四片火腿腸。

我說：「哪兒來的？」

老趙哆嗦著嘴唇，說：「茶几下面撿到半根。」

我說：「分我一片。」

老趙一丟鍋鏟，哭著說：「這應該嗎？富二代得罪你了？都這種時候了你還跟我搶火腿腸？」

我呆呆地說：「焦了。」

第六天我們睡覺，睡覺，睡覺。老趙掙扎著爬起來，去書房上網玩。我聽見他ＱＱ「嘀嘀」的聲音，趕緊關上臥室門，偷偷打開筆電，申請了個新號碼，搜羅美女照片瘋狂發給他：帥哥交個朋友。

老趙：你是？

我：寂寞單身少婦，想擁有初戀。

老趙：都少婦了怎麼初戀？

我：少婦怎麼不能初戀？

過了幾分鐘，老趙：百度百科，少婦（shào fù）已婚的年輕女子。

我：你管那麼多幹嘛，我看中的又不是你的錢。

老趙：你怎麼知道我有錢？

我：廢話真他媽多，喝酒去，××酒吧！

然後我發了張裸照。

聽到書房椅子「咕咚」一聲，老趙仰天倒下。他瘋狗一樣衝出來，紅著臉團團轉圈。我合上筆電，說，五千塊打個折，四千。

老趙丟給我四千，嗷嗷叫著奪門而去。

過一會兒，我走進酒吧，他果然筆直地坐在那兒。我一屁股坐下來，他說：「你幹嘛？」

我說：「來尋找初戀。」

老趙說：「……」

我說：「少婦棒不棒？少婦有四千呢，請你喝酒。」

老趙躲在陰影裡，捂著臉哭成淚人。

我們喝得大醉。

那段時間老趙失戀。七年的女朋友，談婚論嫁，突然說要尋找靈魂，問老趙要了筆錢，獨自背著包去西藏。回來後趁著老趙出差，東西搬走，留了封長長的信。寫的什麼我不知道，那天是我跟老趙拚酒的第一天，贏了一千五。

後來我在微博看到他女朋友和男人的合影，笑靨如花。那天是我跟老趙拚酒的第四天，輸了五百塊。

人人都會碰到這些事情。在原地走一條陌路。在山頂聽一場傾訴。在海底看一眼屍骨。在沙發想一夜前途。

這是默片，只有上帝能給你配字幕。

所以整整半個月，我們從沒聊起這些。

不需要傾訴，不需要安慰，不需要批判，不需要聲討，獨自做回顧。

朋友不能陪你看完，但會在門口等你散場，然後傻笑著去新的地方。

再難過，有鐵哥兒們陪在身邊，就可以順利逃亡。

老情書

會說話的人分兩種。第一種會說話，是指能判斷局勢，分門別類，恰好說到對方心坎裡，比如蔡康永。第二種會說話，是指話很多，但沒一句動聽的，整個就像彈匣打不光的AK47，比如胡言。

胡言是我朋友中最特立獨行的一位，平時沒啥存在感，嘴巴一張就是顆核彈，「乒」，炸得大家灰頭土臉。

一哥們兒失戀，女朋友收了他的鑽戒跟別人跑了。狐朋狗友齊聚KTV，都不敢提這茬兒，有人悠悠地說：「此情可待成追憶。」角落裡傳來胡言的聲音：「此情可待成追憶，賤貨喜逢大蠢貨。」

包廂裡鴉雀無聲。大家面無表情，我能聽見眾人心中的台詞：哈哈哈哈我×博主太機智哈哈哈哈。

又一哥們兒結婚，迎親隊伍千辛萬苦衝進新娘房間，最後一道障礙是找新娘的一隻鞋。一群男人翻遍房間，就是找不到，急得汗流浹背。

胡言踱步進來，皺著眉頭說：「藏得真好啊。醜貨，一看就是醜貨幹的好事，醜貨別的不行藏東西最內行。水獺一生長得醜，但人家吃了睡不搗鬼。海狗喜歡藏東西，但人家也不去坑烏賊。本來圖個吉利，她非得破壞婚姻。國人不立個《擊斃醜貨法》，就得重修《婚姻保護法》。人家說有些女的表面上對你好，其實巴不得你跟她一樣，一輩子嫁不出去，今天看來果然是真的。」

剛說完，一名小個子女孩「哇」地痛哭出聲，連滾帶爬鑽進床底，從床架裡摸出一隻鞋，嚎啕奔走。

大家面面相覷，猛地歡呼。新郎擦擦汗，感激地遞杯酒給胡言說：「多謝哥們兒，今兒多虧你，說兩句！」我在外圍慘叫：「不要啊！」

已經遲了，胡言舉起酒杯激動地說：「今朝痛飲慶功酒，明日樹倒猢猻散。」

我勸他去學學蔡康永，於是他看了幾集《康熙來了》，跟我說：「哈哈哈哈小S真好玩，像一塊活蹦亂跳的毛肚，比我還不要臉。」

作為火鍋愛好者，我就想不通毛肚怎麼就不要臉了?!

胡言嘴巴可怕，但為人孝順講義氣。他父親很久前去世，母親快七十了，相依為命。老太太精神矍鑠，嘉興人，隔三差五包粽子給我們吃。網上叫囂著甜粽黨鹹粽黨，黨個頭，只有嘉興的才叫粽子，其他只能算有餡兒的米包。老太太送粽子那不得了，誰家還剩幾個，大家一定晚上殺過去吃光。

我們當中，唯有悅悅沒有吃過老太太包的粽子。
悅悅是胡言的女朋友，她明明學的是工商管理，卻在一家連鎖飯店做大廳經理。
胡言跟悅悅認識，是因為去飯店開房。
他一旦喝高，生怕回家被老太太怒罵，只好在飯店開個房間，趁天亮老太太去買菜的空隙，偷偷摸摸回家。
有次他喝倒了，跌跌撞撞去飯店房間。大家等他睡著，齊心協力把他抬出門，搬進車，半夜開上紫金山，將他一個人丟在靈谷寺。
我們埋伏起來，等他醒來看熱鬧。
想像一下，他睜開眼，以為在飯店房間，結果看見自己躺在兩座巨大的石雕之間。石雕怒瞪雙目，他會被嚇成什麼樣子，大家不由得捧腹大笑。
大功告成，我們索性從後車廂拿出酒繼續喝。
結果我們自己喝多了，沉沉睡去。
管春第一個大叫著翻身起來，推醒眾人，凌晨三點，我們找不到胡言，也找不到自己的車了。管春好端端一輛帕薩特，居然變成了一輛電動小金鳥！
大家嚇傻了，這還真的撞鬼了嗎？
打胡言電話沒人接，後半夜山上哪裡有計程車。
我們罵罵咧咧，從紫金山爬下來，爬到山腳天都亮了。
然後我們在山腳的出口看到一個場景，車子停在路邊，胡言坐在石階上一動不動，膝蓋上枕著一個女孩。

我忘了飢睏交加，指著他說：「你你你……」

胡言做了噓的手勢，說：「小聲點兒，她睡著了。」

原來大廳經理悅悅下班，看見常客胡言被一群人抬上車，不知道出了什麼事情，就騎著自己的小電驢跟在我們後面，一路上山。

等我們到一邊喝酒去，她偷偷摸摸搖醒了胡言。於是胡言偷偷摸摸讓她開車，把自己帶下山。

胡言知道我們只有走下來，就在山腳等。等著等著，悅悅睡著了。

兩個人談起了戀愛，三個月後胡言邀請悅悅去他家吃飯，嘗嘗老太太包的粽子。我們可以跟，哭著喊著同去。

胡言沒有和老太太說自己要帶女朋友，只說狐朋狗友又要來，老太太不屑地揮揮手，答應了。

那天，悅悅遲到了，甚至沒有出現。

胡言一直焦躁不安看向門口，我心下奇怪，藉口出門買菸，打電話給悅悅。悅悅在那頭帶著哭腔說：「我媽媽在呢，你們吃吧，替我跟胡言說對不起。」

晚上兩個人在管春的酒吧，面對面僵持。

悅悅終於開口：「對不起。」

胡言不說話。
悅悅說：「我媽媽一直反對我不回老家，待在南京又沒有好工作，所以她想讓我回去。」
胡言說：「那你回去吧。」說完起身就走，我趕緊跟著。
悅悅獨自坐在那裡。
我們在街邊兜風。我說：「胡言，要不你跟她去長沙。」
胡言說：「我放不下媽媽一個人留在南京。」
我說：「你可以帶著她去。」
胡言不吭聲。
我嘆口氣，說：「是啊，老人嘛，總是不願意離開家鄉的。」
從那天開始，胡言和悅悅雖然還是戀人，恍如什麼都沒發生，但兩人閉口不談將來。
半年過去，我們安排了一趟旅行，喊胡言和悅悅一塊兒去。
我們興高采烈在瀘沽湖邊，喝得酩酊大醉。篝火閃爍，悅悅對胡言說：「我要回長沙了。」
胡言說：「嗯。」
悅悅沉默一會兒，說：「你能陪我回去嗎？」
胡言看向遠方，不回答。
一邊的管春突然站起來，激動地說：「我有辦法了，我們明天就回南京，把老太太接上，看她習不習慣在外頭待著。」

一個聲勢浩大的老太太旅行計畫誕生。

老太太狐疑地盯著我們，說：「這麼大年紀，我哪兒都不想去。你們別吹牛，就你們這閱歷，能跟我老太太比？這中國我哪兒沒見識過？太不安全了，我不坐飛機。我不坐火車。我沒幾年好活了，不想受那罪。」

大家湊錢租了輛露營車，開到胡言家樓下。

老太太左右看看，咂咂嘴：「哇塞，感覺不錯。」

大家齊齊對視，有戲，連哄帶騙，老太太勉強同意，去離南京最近的安徽黃山瞅瞅。

大家正要歡呼，老太太得意地說：「我唯一的要求……把老趙老黃老劉也帶上。」

我們面面相覷。

於是一輛露營車，胡言管春毛毛和我四個年輕人，老太老趙老黃老劉四個老年人，清晨踏上奇怪的旅途。

車子還沒開出南京，老趙坐立不安，嘀咕著不行不行，要看孫子作業做好沒有。我們只好把他送回去。

重新出發，開到高淳都大中午了，老黃哮喘發作，大家手忙腳亂把她送進高淳人民醫院。老黃的兒子媳婦開車衝到，劈頭蓋臉對我們一陣痛罵。

天已經黑了。離安徽黃山才兩百多公里，抵達卻遙遙無期。

我們忙亂完醫院的事情，回到露營車，胡言打開車門，看到老劉已經睡著了，茶几上擺著一副麻將。老太太戴著老花鏡，一個人打四個人的牌，還對空氣說：「老黃，別裝死，輪到你了。」接著自己摸牌，說：「碰。」

我們默默站在路邊，胡言抽了根菸，說：「回去吧。」

深夜到家，老太太一開門，嘴裡嘮叨著說：「老頭子，我回家啦。」

胡言關上門，對著我們，一句話也沒說，眼淚嘩啦啦往下掉。

我們呆呆地看著他，一句話也說不出來。

然後，悅悅從南京消失了，大概回長沙了吧。

然後，胡言的話越來越少，就連喝酒的時候管春罵他是遜咖，他也不還嘴，默默喝一杯。

又是半年，一天黃昏胡言急如星火地打電話給我，讓我快去他家。他自己加班走不開，老太太玩命催回家幫忙。我氣喘吁吁趕到，胡言家端坐三位老太太，圍著麻將桌，一臉期待地看著我。

算了，那就打幾圈。結果老太太團夥精明得不得了，指哪兒打哪兒，輸得我面紅耳赤、呻吟連連，一直打到十一點。散夥了，老太太跟我說：「小張，胡言是不是跟女朋友分手了？」

我一愣：「完全不知道啊。」

老太太說：「我送你倆粽子，你趕緊講。」

我說：「哦，那女孩是長沙的，回老家了，兩地距離太遠，你說再在一塊兒也不合適。」

老太太斜著眼睛：「鬼扯，肯定是胡言嘴太臭。」

我說：「也不排除有這方面原因。」

老太太拍大腿：「哎呀我都沒見過，這就飛了，這畜牲糟蹋良家婦女一套一套的。」

我瀑布汗。

胡言推門進來，喊：「媽你胡說八道什麼？」

老太太喊：「我媳婦呢？」

胡言瀑布汗：「她是獨生子女，父母年紀也大，她不想留在外地，就回長沙了。」

老太太勃然大怒：「那你跟著去長沙啊！」

胡言說：「我去了你怎麼辦？」

老太太：「我留這兒，小張天天跪著伺候我。」

我腿一軟。

胡言拽著我想跑，我癱在地上被他拖著走，哭著喊：「粽子呢、粽子呢？」

兩人去哥們兒管春的酒吧扯淡。其實我明白，老太太南京待了三十多年，打牌健身溜達嘮嗑的朋友都在一個社區。老人建立圈子不比我們容易，他們重新到一個地方生活，基本就只剩下寂寞。

剛要兩手酒，管春領著個老太太進來，哭喪著臉說：「胡言，不是我不幫你，你媽自己找上門的。」

胡言暴怒：「放屁，你手裡還拎著粽子！肯定是你出賣我！」

老太太拄著拐杖，一拍桌子，說：「閉嘴！」

整個酒吧剎那靜止了，人人閉上嘴巴，連歌手也心驚肉跳地偷偷關了音響。

老太太說：「我就特別看不起你們這幫年輕人，二、三十歲就嚷嚷說平平淡淡才是真。你們配嗎？我上山下鄉，知青當過，饑荒挨過，這你們沒辦法經歷。但我今兒平安喜樂，沒事打幾圈牌，早睡早起，你以為憑空得來的心靜自然涼？老和尚說終歸要見山是山，但你們經歷見山不是山了嗎？不趁著年輕拔腿就走，去刀山火海，不入世就自以為出世，以為自己活佛涅槃來的？我的平平淡淡是苦出來的，你們的平平淡淡是懶惰，是害怕，是貪圖安逸，是一條不敢見世面的土狗。女人留不住就不會去追？還把責任推到我老太婆身上！蠢蛋。」

她一揮拐杖，差點兒打到胡言腦門兒：「你那女朋友我都沒見過，你們誰見過？」

酒吧裡大部分人都點頭如搗蒜。

老太太說：「自己弱不禁風，屁事不懂，看見別人奔波受苦，只知道躲在角落放兩根冷箭說矯情，說人家犯賤窮折騰。呸！一天到晚除了算計什麼都不會。錢花完可以再賺，吃虧了可以再來，年輕沒了怎麼辦？當過兵才能退伍，不打仗就別看不起犧牲。你會不會說話？會說話，就去長沙，告訴人家，你想娶她。」

老太太抖出一張發黃的紙，大聲說：「這是我老頭寫給我的，我讀給你聽。」她看了半天，說：「哎喲傻了，拿錯了，這是電費催繳單。小張你喜歡寫字，你臨時來一篇。」

我趕緊臨場朗誦：「相信青春，所以越愛越深，但必須愛。勇於犧牲，所以死去活來，但必須來。從低谷翻越山巔，就能找到雲淡風輕的庭院。總有一天，你的腳下滿山梯田，沿途汗水盛開。想要滿屋子安寧，就得丟下自己的骸骨，路過一萬場美景。」

老太太抽我一耳光，說：「當著七十歲老太婆面說骸骨，滾。」

她靜靜看著胡言，說：「幾個月前，你在陽台打電話，我聽到了。你勸她留在南京，不要去長沙。勸著勸著自己哭了，我特別想衝進去揍你一頓，哭什麼，女孩孝順是好事，你不能追著去嗎？然後從那天開始天天加班，你有這麼勤勞嗎，還不是怕回家孤單單地想心事。」

老太太說：「我年紀大了，本來想你結婚後，每天包粽子給你們小倆口吃。吃到你們膩了，我也可以走了。你是我兒子，走錯路不怕，走錯就回家，你媽我一時半會兒死不了，回來的時候我在家。」

她說完擦擦眼淚，昂首挺胸走了。管春趕緊送她。

我回過頭，發現酒吧裡每個人眼裡都淚汪汪。我突然明白胡言的語言能力從哪兒來的，這絕對是遺傳。

後來胡言還是沒去長沙。老太太氣得眼不見為淨，麻將也不打，喊我教她上網看微博什麼的。沒幾天又自己報團去旅行，跟一群老頭子老太太戴著紅帽子，咋咋呼呼地去逛桂林山水。胡言放不下心想跟著去，結果老太太早上五點偷偷摸摸出發，留下胡言無言望著天花板。

老太太回來後，不給胡言好臉色，準備養精蓄銳繼續跑。結果半月後心肌梗塞，搶救及時，住院等搭支架換二尖瓣。我們一群哥們兒輪流守夜，老太太閉著眼睛，話都說不了。

一天胡言坐在老太太身旁，沉沉睡著。我剛拎著塑膠袋進來，想替胡言換班。

老太太艱難地開口，說：「悅悅，胡言是好孩子。」

我突然哭得不能自已。
老太太可能已經說夢話了吧。
老太太是怎麼知道她名字的？
那，其實母親什麼都知道。

再後來，老太太沒等到手術，二次心肌梗塞發作，非常嚴重，沒有搶救回來。
胡言再也不會說話，他變得沉默寡言。
頭七那天，大家在胡言家守靈。半夜十一點，虛掩的門推開，衝進來一個女孩，妝是花的，對我喊：「你怎麼不早告訴我？」
她大哭，跪在老太太靈前，說：「阿姨，我跟爸媽說過了，他們說，我應該留在南京，胡言有這樣的媽媽，我們放心的。」
我們呆呆地說不出話，不清楚發生了什麼事情。
悅悅哭得喘不過氣。她面前擺著老太太的遺像，微笑著看著大家。
那天中午我接到電話，是悅悅打給我。她問我，胡言的媽媽怎麼樣。我說你幹嘛不問胡言，她說他電話打不通。我不敢亂講，就問，你找她幹嘛？
悅悅告訴我，老太太其實沒去旅遊，單槍匹馬去了長沙。那天她正在上班，老太太跑到櫃檯，存了一百萬。悅悅出於流程，問她怎麼存法。老太太說，聽說在銀行工作很辛苦，每年要拉到一定數目的存款，才能升職。

悅悅摸不著頭腦，說：「謝謝阿姨。」
老太太嘀咕：「悅悅，你快升職，讓胡言那渾球後悔。」
悅悅這才明白，自己碰到胡言媽媽了。她趕緊請了半天假，帶著老太太去吃飯。
老太太說：「悅悅你喜歡胡言嗎？」
悅悅哭了，說自己很喜歡胡言，可是父母身體不好，自己留在長沙才放心。讓阿姨失望了。
老太太嘿嘿一笑，說：「那你就留在長沙，快快升職，免得胡言來了長沙欺負你。」
悅悅說：「胡言會肯到長沙嗎？」
老太太點頭說：「他會來的，我這就是過來熟悉一下環境。到時候我先來住一陣，等你們踏實了我再回南京。」
老太太在長沙住了三天，包粽子給悅悅吃。
後來悅悅送她的時候才發現，老太太住在一家很便宜的旅館，桌上堆著一些葉子和米，還有最便宜的電子鍋。
我這才知道，老太太學電腦看微博的原因，是想找到悅悅啊。我眼淚止不住，說：「悅悅你快來南京吧，阿姨去世了。」
千里奔喪的悅悅跪在靈前，拿出一個粽子，哭著說：「阿姨，粽子好好吃，我捨不得吃完，留了一個在冰箱裡。今天拿出來結果壞掉啦，阿姨求求你，不要怪悅悅……」
朋友們泣不成聲。

過了一年，胡言和悅悅結婚。那天沒有大擺筵席，只有三桌，都是最好的朋友。悅悅父母從長沙趕來，也沒有其他親戚。

悅悅穿著婚紗，無比美麗。可是她從進場後，就一直在哭。

胡言西裝筆挺，牽著悅悅，然後拿出一張泛黃的紙，認真地讀。短短幾句話，一直被自己的抽泣打斷。

親愛的劉雪，我很喜歡你，我已經跟上頭申請過了，我要調到南京來。他們沒同意，所以我辭職了。現在檔案怎麼移交我還沒想好。所以，請你做好在南京接待我的準備。

親愛的劉雪，我不會說話，但我有句心裡話要告訴你。

我想和你生活在一起，永遠。

所有的朋友腦海中都浮現出一個場景。

老太太拄著拐杖，站在酒吧裡，痛罵年輕人一頓，抖出張發黃的字條說：「這是老頭兒寫給我的，讀給你們聽。哎喲傻了，拿錯了，這是電費催繳單。」

給我的女兒梅茜，生日快樂

1

每個人到我家，推開門永遠都是眼睛放光，喊，梅茜呢梅茜呢？

然後一隻毛茸茸的金毛，比他們還要興奮，不知道從哪個角落鑽出來，狂叫著就撲上來。狗毛飛揚，人狗滾成一團。

2

從來沒有教過梅茜任何指令，但牠自己慢慢學會了很多東西，眨巴著眼睛，努力分辨你在說什麼。

牠甚至自己學會了拒食。吃的東西放在碗裡，牠就可憐地看著你，直到你摸摸牠的腦門兒，牠才開始低頭吃飯。如果你不摸牠的腦門兒，牠會一直跟著你走，你到哪裡，牠就坐在你旁邊，拚命把腦門兒塞給你。

有天我把吃的放好，忘記摸牠腦門兒，就急匆匆出門去超市買東西。過了半個鐘頭回家，打開門，聽見「唏嚓唏嚓」的聲音，一看，牠估計等不及，開始吃飯了。

我咳嗽一下，牠猛地回頭，嚇得呆了。整條狗傻坐著，狗頭一百八十度扭轉對著我，狗糧嘩啦啦從嘴巴裡掉出來！

我還沒說話，牠偷偷摸摸探出前爪，把掉在地上的狗糧往旁邊撥拉！撥得遠遠的！

牠的意思大概是：這些不是我吃的……

我笑得手裡的塑膠袋都脫手了。吃吧吃吧，我們家沒那麼多規矩。愛吃什麼吃什麼，愛什麼時候吃什麼時候吃。狗糧不好吃咱們換牌子，還不好吃咱們立刻買骨頭燉湯，買牛肉用白水煮出燦爛的未來！

一年冬天，我百般無聊地看電視，突發奇想，用梅茜當腳墊，放上去暖洋洋的。

梅茜當時全身一震，小心翼翼地瞧向我，發現我的態度很堅決。牠嘆口氣，非常嚴肅地趴下去，從此一動不動。

結果我睡著了，睡到昏天黑地的時候，感覺有東西撓我，我一看，梅茜用爪子拍我。我抬起腳，牠換了個姿勢，舒服地翻了一面，然後瞧瞧我，意思是你可以放下來了。

我把腳放下來，牠才心滿意足地繼續睡去了。

金毛狗子，一歲前是魔鬼，一歲後是天使，果然是真的。

3

二〇一二年初，天氣寒冷。深夜我坐在花園的台階上，手邊全是啤酒，看著月亮發呆。

在沒有人能看到的地方，在沒有人能看到的時間，我哭得稀裡嘩啦。

梅茜安靜地坐在我旁邊，頭緊緊貼著我膝蓋。牠輕輕用腦袋拱拱我的手，大大的眼睛望著我，發出小小的「咕咕咕」的聲音。

許久前我上網查過，這是金毛狗子的哭聲。

梅茜不停地哭，而我的眼淚也沒有停住。

梅茜不要哭。

不要哭。她不會回來了。我不會離開你。

那時候的梅茜，剛生了一場大病。

牠生病的時候，我遠在北京。接到照顧梅茜的女孩子的電話，她帶著哭腔說，梅茜得狗瘟了。

手機訊號不好，我衝到室外，下著暴雨。

我放下手機，心裡很難過。

下雨歸下雨，不要欺負我的小狗。

牠病好後，我領著牠回家。一人一狗，興高采烈，大家蹦蹦跳跳，歡快無比。

一輛白色的ＳＵＶ開過去。

梅茜明顯楞了楞。

然後牠發了瘋一樣，扯掉牽引繩，追著車就狂奔，怎麼喊都不回頭。

司機從後視鏡裡看見了牠，停在路邊。司機搖下窗，探出頭，笑嘻嘻地說：「小狗狗，你追我幹什麼？」

梅茜不看他，緊緊盯著車子，盯著車門，似乎在等車門打開。牠要跳上去。

我追到了，一把抱住牠，跟司機連聲說，不好意思。

司機笑嘻嘻地說沒事，開走了。

開走的時候，梅茜在我懷裡瘋狂地掙扎。我突然眼淚掉下來。

梅茜也平靜下來，只是不停地發出聲音：咕咕咕咕……

我知道，牠很久沒看到那輛熟悉的白色車子了。

牠很久沒有坐進屬牠的位置。

牠喜歡坐車兜風，腦袋伸出去，風吹得耳朵啪啦啪啦啪啦，得意地吐出舌頭，開心地跳腳。

我抱著梅茜回家，牠在懷裡一直哭。

我的眼淚也一直掉在牠毛茸茸的腦袋上。

梅茜不要哭。

梅茜，我們沒有車啦，老爹再給你買一輛。

4

梅茜到我家，是二〇一〇年六月初。

我把一點點大的梅茜抱回家，牠圓頭圓腦，耳朵很大，坐著的時候一仰頭，耳朵幾乎垂到地上。牠叼襪子、撕衣服、啃書、磨茶几，摧毀一切能看見的東西。

最令我無法理解的是，一喊牠名字，牠就沿著牆邊狂奔，狂奔五百圈，非得到精疲力竭才趴下去。

麻煩的是，牠從精疲力竭到精神煥發，需要回血的時間不是很長。

牠大了一些，接近一歲，性子沒那麼風雲一起便化龍。為了讓牠平時活動的空間夠大，我換了一樓帶院子的房子。

有天我回家，突然發現梅茜不見了。家裡沒有，院子裡也沒有！

找半天，原來院子最內側，有個排水的漏洞。牠就是從這兒離家出走的。

我急壞了，社區、馬路、公園、其他社區……發了瘋一樣到處找，扯直了嗓子喊。

夜越來越深，沒有找到。

我回家坐在沙發上出神。總覺得牠可能躲在家裡哪個角落。在我寫字時，牠一定要霸占書桌底下。在我睡覺時，牠一定自己咬著狗窩，「吭哧吭哧」拖到我的床邊。在我吃飯時，牠一定緊緊抱著桌腳。

到了後半夜一點鐘，聽到陽台有敲門聲。我過去拉開玻璃門，梅茜咧著嘴，喜笑顏開地看著我，瘋狂地搖尾巴！渾身都是泥巴，不知去哪兒瞎胡鬧了……

我趕緊抱起牠去洗手間，開心地掉眼淚。沖乾淨泥巴，牠也應該玩兒命才找到家的吧！我找出所有好吃的給牠，看牠吃得狼吞虎嚥。

結果牠以為離家出走，會有這麼多獎勵。於是第二天下午，牠又不見了。

這次我也不找了，就看電視等牠。等到後半夜一點鐘，牠準時出現在陽台的玻璃門外。

我靠！沒有猶豫，我把牠拎進來暴打一頓！

梅茜嚎啕大哭。

從此，無論院子裡排水的洞口有沒有堵著，牠都不會從那邊走了。

5

梅茜長大的標誌是從某天開始，死也不願意在家裡大小便了，寧可憋得痛哭流涕。

一次我出門，以為很快就回家，結果被拖去直播，回家已經是黃昏。

到家門口，掏出鑰匙。鄰居家開門，大嬸探出腦袋，激動地說：「張嘉佳啊，你家狗太猛了!!!」

我摸不著頭腦，問：「怎麼了？」

大嬸嚥口口水，激動地說：「你不在家，梅茜在院子裡曬太陽。後來牠急著大便，我就看著牠在院子裡轉圈，還想怎麼幫牠呢。過了一會兒，牠居然猛地一躍，連滾帶爬翻過柵欄，跑到我家院子，拉了一泡便便！接著又奮力一躍，連滾帶爬回翻過柵欄，回你自己家院子了！」

我聽得目瞪口呆……

睡覺之前，梅茜一定要跑到臥室、敲敲門，然後趴到床邊。等我睡著了，牠才會離開，放心地走回牠的貓咪窩窩裡睡覺。

6

梅茜，老爹要買一輛皮卡，裝好頂篷，我們可以出發去最遠的地方。你坐在副駕，狗頭探出窗戶，風吹得耳朵啪啦啪啦，高興地跳腳。車廂裡擺滿好吃的東西，和你最喜歡的貓咪窩窩。

我們要沿著一切風景美麗的道路開過去，帶著你最喜歡的人，把那些影子甩在腦後。去看無限平靜的湖水，去看白雪皚皚的山峰，去看芳香四溢的花地，去看陽光在唱歌的草原。

去遠方，而漫山遍野都是家鄉。

一開始，我以為是牠離不開我。

現在，我知道，是自己離不開牠。

梅茜出生於二〇一〇年五月十八日。

所以，梅茜，我的女兒，生日快樂。

老爹愛你。

姊姊

1

到了大學，才發現世界上居然有超過二千五百塊的衣服。大學畢業，才發現世界上居然有標牌子的內褲。

我在國中的時候，自己偷偷買了條一百塊的短褲，結果被全家人「公審」。

曾經以為，真維斯什麼的就是名牌啊，非常厲害。突然逛街發現愛迪達、NIKE，大驚失色：這是金絲做的嗎？從那天開始，搶劫殺人放火的念頭，我每天都有的。

一切敵不過時光。

工作之後，始終堅持認為，女人，就應該有好的化妝品，好的服飾，花再多的錢也應該。

因此我依舊穿不超過二千五的衣服、沒有牌子的內褲，希望能賺到錢給女人買最好的化妝品，最好的服飾。

後來發現，女人找得到好化妝品，找得到好衣服，就是找不到好男人。而我賺了錢也沒人可以花。

賺到錢了，就慢慢開始不是好男人。

好男人，大多買不起最好的化妝品、最好的服飾。

朋友看不起身邊的女人，挑三揀四。

我說：「你又不是一條好狗，憑什麼要吃一塊好肉？」

朋友：「男人不是狗，女人也不是肉。」

我說：「女人的確不是肉，但你真的是一條狗。」

朋友：「為什麼？」

我說：「我怎麼知道，我隨便侮辱你。」

後來朋友結婚了。

我送Gucci給弟妹。

Gucci屬弟妹，那滿陽台晾曬的衣服、褲子、毛巾、床單、拖把，也屬弟妹。

我和朋友說：「以後弟妹要什麼，儘量買給她。就算她不要，偷偷買給她。」

朋友問：「為什麼？」

我說：「因為你的陽台曬滿衣服、褲子、毛巾、床單、拖把。她消耗在陽台上的每一分鐘青春，你都要補償給她。」

朋友半年後離婚。喝醉後，他趴在桌上嘀咕：「怎麼就離婚了？」

我說：「有結才有離，誰讓你結的？」

朋友：「是不是以前我們都搞錯了？」

我說：「嗯，應該是。」

男人不是狗，女人也不是肉。

生活除了Gucci，以及滿陽台的衣服、褲子、毛巾、床單、拖把，還有另外重要的東西。

什麼東西？

好多啊。比如大老二、詐金花、吃宵夜什麼的。

2

在電視台工作的時候，有個女編導。

我問她：「男人有五千萬，給你五百萬。或者男人有五十萬，給你五十萬，哪個更重要？」

女編導說：「五百萬。」

我說：「難道全部還不如十分之一？」

女編導點頭。

第二天，女編導突然急忙來找我，說：「我昨天想了一夜，覺得五十萬重要。」

我好奇：「你真的想了一夜？」

她點頭：「嗯。」

如果你真的想了一夜，說明你有太多的心事。

既然你有心事，又何必再去想這個問題。

無論五百萬還是五十萬，不如自己掙來的五萬。
有五百萬，你就是一塊肉。
有五十萬，你就吃不到肉。
有五萬，你就不用再去想一夜。

3

有關男女的問題，很小的時候，我問過姊姊。
我：「姊姊，什麼叫淫蕩？」
姊姊：「……熱情奔放，活潑開朗。」
我：「姊姊你真淫蕩。」
「啪。」我的左臉被抽腫。
我：「姊姊，什麼叫下賤？」
姊姊：「……就是謙恭有禮，勤勞節約。」
我：「姊姊你真下賤。」
「啪。」我的右臉被抽腫。
我：「姊姊，什麼叫愛情？」
姊姊：「……就是淫蕩加下賤。」
我：「姊姊你一點兒也不愛情。」

過了半天，姊姊「嗯」了一聲。

過了十年，我才明白，為什麼淚水突然在她的眼眶裡打轉。

4

十年之後。

我坐在書桌前，淚水在眼眶裡打轉。精神恍惚，腦海空白，痛到不能呼吸。

姊姊過來，鼓勵我：「小夥子把胸膛挺起來。」

我：「我們都沒有胸，挺個屁。」

姊姊出奇地沒有憤怒，一甩頭髮說：「幫我下碗麵條去，人一忙就沒空胡思亂想。」

我垂頭喪氣：「吃什麼麵，用舌頭舔舔牙床好了。」

「啪啪。」我被連抽兩個耳光。

「好了好了，我去下麵我去下麵。」

忙了一會兒，把麵遞給她。姊姊笑嘻嘻地端著麵，看著我。

她吃了幾口，突然回到自己房間。

三年之後，我看到她的日記。

「弟弟下的麵裡，連鹽都沒有加，我想，如果不是非常非常難過，也就不會做出這麼難吃的麵。我也很難過。」

我突然嘴角有點兒鹹。

我想，如果這滴眼淚穿過時光，回到三年前，回到那個碗裡，姊姊一定不覺得麵很淡，那麼她就不會難過。

5

「抓小偷啊！」街頭傳來淒厲的尖叫。

我跟姊姊互相推諉。

「弟弟你上！你懂不懂五講四美？」

「姊姊你上！你懂不懂三從四德？」

「推託什麼，抓小偷不是請客吃飯，上！」

「好，上！」

兩個人迅速往前衝。衝到一半，我往左邊路口拐，姊姊往右邊路口拐。

兩個人躲在巷子口大眼瞪小眼。小偷從兩人之間狂奔而過。

呼，差點兒被撞到。兩個人同時拍拍胸口。

這時緊跟小偷後面，狂奔過去另一個人。

我們一看……是老媽。

老媽一邊追一邊喊：「抓小偷啊!!」

兩個人拚死抓住了老媽，沒抓到小偷……

回家之後，一人賠給老媽兩千五百塊。
第二天醒來，姊姊在枕頭底下發現了兩千五百塊。
我在枕頭底下發現了兩千五百塊，鬧鐘底下發現了兩千五百塊。
我一直搞不清楚，為什麼放走一個小偷，我憑空賺了兩千五百塊。
等到學會四則混合運算之後，我終於計算明白。
很久之後，我想，如果我還有機會把兩千五百塊放回姊姊枕頭底下，那麼即使小偷手裡有刀，我也會衝上去的。
嗯，是這樣。

6

小時候家裡只有一輛自行車，二十八吋復古款。
爸爸說生日那天給我騎。
我仰天大笑：「哈哈哈哈，爸爸你終於不愛姊姊只愛我了。」
爸爸說：「你姊姊早就騎過了。」
過了幾年，姊姊有了一輛自行車。每天上學都是她騎車載我。
我：「姊姊我騎車載你吧。」
姊姊：「滾。」
我：「媽的，我力氣太多了用不完。」

姊姊：「滾。」
得到這樣的回覆，我很生氣，就在後座動來動去。
「啊！」、「砰！」兩個人從小橋上摔下去了。
姊姊：「嗚嗚嗚嗚，我以後再也不載你了。」
我：「嗚嗚嗚嗚，你騎車技術跟阿黃一樣。」
姊姊：「阿黃是誰？」
我：「阿黃是舅舅家養的狗。」
姊姊：「你是渾蛋。」
我：「你是母渾蛋。」
就如此吵了很久，直接導致上學遲到。
又過了幾年，我們去大城市的舅舅家玩。
姊姊又騎車載我。有人喊，下車。哇，是交通警察耶。
我：「警察叔叔你抓她，是她騎車載我的，我是小孩子你不能抓。」
姊姊：「警察哥哥你抓他，是他要坐我車的，我是中學生你不能抓。」
警察一身冷汗。
我：「警察叔叔你抓她，我不認識她。」
姊姊：「警察哥哥你抓他，他是我在路邊揀的。」
我：「揀個鬼，你要不要臉。」

姊姊：「要個魂，馬上要罰款了，還要什麼臉。」
警察：「你們走吧……以後不要騎車載人了。」

姊姊終於要去外地上大學了，把那輛自行車留給了我。我很開心，一晚上沒睡著。
我們全家送姊姊。
姊姊上了火車。
我突然眼淚嘩啦啦流，一邊流還一邊追火車。
姊姊我把車子還給你，你不要走啦。
姊姊隔著車玻璃喊。
我聽不見，但是可以從她的嘴形認出來：不要哭。
我拚命追，用手背抹眼淚，拚命喊：「狗才哭，我沒有哭！」
從那個時候開始，我最害怕聽到火車的汽笛。
聽到汽笛，就代表要分離。
送走姊姊之後，我騎車去上學，被很多很多同學笑話。
因為那是一輛女式自行車。
大家說我是人妖，說我娘娘腔。我依舊騎，因為感覺姊姊就在自己身邊。
到了現在，我走到儲藏室，看到這輛自行車，還是會不停掉眼淚，小聲說，掉你個頭，掉你個頭。

7

一九八八年，舅舅送給我一個從未見識過的東西，郵票年冊。
我很憤怒：「姊姊，舅舅太小氣了，送一堆紙片給我。」
姊姊：「那你五十塊錢賣給我。」
我：「太狡詐了！你當我白癡哪，這堆紙片後面寫著定價，九百九。」
姊姊：「紙片越來越不值錢，你現在不賣，明年就只值五塊。」
我：「為什麼？」
姊姊：「你沒看到這裡寫著：保值年冊，收藏極品。什麼叫保值？就是越來越不值錢。賣不賣？」
我：「……一百塊。」
姊姊：「成交。」
於是每年的郵票年冊，我都以一百塊的價格賣給姊姊。
一直賣到一九九二年，四本一共四百塊。由於壓歲錢都要上繳，所以這四百塊成了我無比珍貴的私房錢。而且從這一年起，舅舅不再送了，小氣鬼。
當年姊姊去外地上大學。
第二天她就要離去。我在床上滾了一夜，四十個十塊錢，你一個，我一個，數了一夜。

一直在想：她去外地，會不會被人欺負？哎呀，以前她被人欺負，都是給我一塊錢，讓我罵人家的。

那她去了那麼遠的地方，一定要帶錢。

嗯，給她五十塊。可以請人罵……罵五十次。

萬一被人打怎麼辦？她上次被嬸嬸打，她說給三塊錢，我都不願意幫她捱打，外面人肯定價格更高！

打手請一次算五塊好了，給她一百。

我心疼地看著錢被分成了兩落，而且她那落慢慢比我這落還高。

算著算著我睡著了。

最後我塞在姊姊包裡的，是四百塊。

送走姊姊那個瘟神，我人財兩空，回到家裡，忽然非常沮喪，就躲進被子睡覺。

在被子裡，我發現了四本年冊。

每本年冊裡，都夾著一百塊。

我躲在被子裡，一邊哭，一邊罵，姊姊和舅舅一樣小氣，一本只夾一百塊，人都走了，起碼夾兩百五十塊對不對？

到了今天，這些夾著一百塊的年冊，整四本，還放在我的書架上。

一天我擦擦灰塵，突然翻到一九八八年的那本，封背有套金的小字，寫著定價九百九——

「那你五十塊錢賣給我。」

「太狡詐了！你當我白癡哪，這堆紙片後面寫著定價，九百九。」

「紙片越來越不值錢，你現在不賣，明年就只值五塊。」

「為什麼？」

「你沒看到這裡寫著：保值年冊，收藏極品。什麼叫保值？就是越來越不值錢。賣不賣？」

眼淚滴滴答答，把九百九十元，變得那麼模糊。

8

姊姊：「壞人才抽菸。」

我：「那舅舅是壞人。」

姊姊：「做到教授再抽菸，就是好人。」

我：「你有沒有邏輯。你會算log函數，你懂風雅頌，你昨天把黑格爾說成格外黑，你是邏輯大王。」

吵了好幾天，姊姊回大學了。

我在抽屜裡找到報紙包好的一條香菸，裡面是一條中華。

姊姊寫著紙條：如果一定要抽，那也抽好一點兒的，至少對身體傷害少一點兒。

我至今還記得，那是一張《揚子晚報》，一九九七年五月二十二日。

後來我遇到了一個女孩叫姜微。

姜微：「你喜歡抽什麼菸？」

我：「我喜歡抽好一點兒的。」

姜微：「為什麼？」

我：「對身體傷害少一點兒。」

寒假結束之後，她帶了一包菸給我。一包中華。裡面只有十一根煙。四根中華，四根玉溪，三根蘇菸。總比沒有好。

我：「你哪裡來的菸？」

姜微：「過年家裡給親戚發菸，我偷偷一根根收集起來的。」

我：「寒假二十天，你只收集到十一根？」

姜微：「還有七根，被我爸爸發現沒收了。」

後來姜微消失了。《揚子晚報》在我的書架上。那張《揚子晚報》裡，我夾著一個中華香菸的菸盒。

只有這兩個女人，以為抽好一點兒的菸，會對身體的傷害少一點兒。

突然聽到Winamp裡在放〈電台情歌〉。

一個美麗的女子要伸手熄滅天上的月亮，一個哭泣的女子牽掛不曾搭起的橋樑，自此一枕黃粱，一時荒涼，疼輒不能自已，掌紋折斷。

這裡是無所不痛的旋律。

姊姊再也不會痛，姜微不知道在哪裡。希望她比我快樂。並且永遠快樂。

9

姊姊教我打字花了半年的時間。打字課程，一九九八年八月二十七日開始教授，九月一日她回大學，自動轉為函授。

我：「A後面不是B嗎，為什麼排的是S？B後面不是C嗎，為什麼排的是N？」

姊姊：「Christopher（打字機之父）發明的，跟我沒有關係。」

我：「字母這麼亂倫，姨媽和叔叔湊在一起，它們家譜和希臘神話一個教養。」

姊姊：「你他媽的學不學？」

我：「字母太亂倫了，玷污我的視線！」

姊姊：「讓你掌握鍵盤的順序，和亂倫有什麼關係？」

我：「己所不欲，勿施於人，要是我摸你胸你一定用刀殺了我。」

「啪啪」。我左臉和右臉全部腫了。

姊姊：「學會打字對你有好處的，可以泡妞。」

我：「泡什麼妞，我不如把錢省下來買三級片。」

姊姊：「你看你看，這叫做QQ，可以讓遠方的MM脫胸罩。」

我：「是黛安芬的嗎？」

姊姊：「你學會了不就可以自己問了嗎?!」

於是姊姊幫我申請了一個ＱＱ號，然後兩個人搜尋各地的ＭＭ。在姊姊指導下，我加了一個北京ＭＭ，ＩＤ是無花果。

我有了點兒興趣。

發了句話：Girl，fuck fuck，哈哈。

一點兒反應也沒有。

我又發了句話：Dog sun，please fuck！

一點兒反應也沒有。

我發火了，一下發了三句話：MBD，MBD，MBD。

姊姊發火了，說：人家頭像是灰色的，說明不在線。不在線，還Ｑ什麼，Ｑ他媽的。

我立刻失去興趣。

姊姊誘惑我，如果學會打字，就可以用流暢的語言勾引她。這被我斷然拒絕，正直的青年，一定和我一樣會拒絕的。

這些亂倫的字母，不是好東西。

一九九八年九月一日，姊姊回大學，把電腦帶回去了。

我唯一遺憾的是，《仙劍奇俠傳》沒有通關，月如剛剛死在鎖妖塔。

但姊姊不會這麼小氣吧？我就開始翻姊姊的房間。

我在她房間翻到的東西有：席絹的《交錯時空的愛戀》，沈亞、于晴全集……這是什麼玩意兒？星座是什麼玩意兒？把所有東西摔出來，箱子底下是一張紙製鍵盤。

鍵盤上有一張字條：我知道你會翻到這裡，麻煩你學習一下字母的順序。

我大驚失色，全世界的姊姊都這麼狡猾嗎？

結果我就在紙製的鍵盤和電話裡督促的聲音中，過了一個學期。

我：「A後面為什麼是S，而不是B？」

姊姊：「A後面是S，B後面是N。」

我：「複雜得要死。」

整整半年，我依舊不能理解字母為何如此亂倫。亂倫的東西，如我般正直，都不會學習的。

一九九九年二月七日深夜十一點四十七分。

我依然等在火車站。

因為姊姊說她那一分鐘回到家。

結果等到一九九九年二月八日四點三十分。

姊姊和一輛轎車拚命，瞬間損失了所有HP（生命值）。

一九九九年二月八日十七點四十八分，我趕到了北京。

房間一片雪白。

使者的翅膀雪白。天堂的空間雪白。病房的床單雪白。姊姊的臉色雪白。

她全身插滿管子。

臉上蓋著透明的呼吸器。

我快活地奔過去：「哈哈，不能動了吧？」

她臉上沒有一絲表情，緊閉雙眼，為什麼我看到她彷彿在微笑？

要嘛我眼花了，要嘛她又偷了我寫給隔壁班花的情書。

旁邊一個穿白大褂的人說：「她不能說話，希望有力氣寫字給你。」

可是，姊姊抓不住筆。

這傢伙，從來就沒有過力氣。

坐她自行車她沒有力氣上坡，和她打架她沒有力氣還手，爭電視節目她沒有力氣搶遙控器。

她不寫字，我就不會知道她要說什麼。我想，她應該有力氣寫字的呀！

她幫我在考卷上冒充媽媽簽字。她幫我在《過好寒假》上寫作文。她幫我在作業本子上寫上名字。

我呆呆地看著她，怎麼突然就沒有力氣了呢？

我去抓住她的手。

她用手指在我掌心戳了幾下。

1，2，3，4，5，6。

一共六下。

她戳我六下幹什麼？

六六大順？她祝我早日發財？

六月飛雪？她有著千古奇冤？

六神無主？她又被男人甩了？

六道輪迴？她想看聖鬥士冥王篇？

我拚命猜測的時候，突然衝進來一群人，把她推走了。

我獨自待在這病房裡，看著一切雪白，努力戳著自己的手掌。

1，2，3，4，5，6。

一共六下。

上面戳一下，右邊戳一下，上面再戳一下，下面戳一下，上面再戳一下，又戳一下。

我拚命回憶著有關鍵盤的記憶。

一張紙製的鍵盤，看了半年，也開始浮現在腦子裡。

A後面是S，B後面是N，C後面是V……

我一下一下地在這張鍵盤裡敲擊過去。

1，2，3，4，5，6。

鍵盤慢慢清晰起來。

我終於明白了這六下分別戳在什麼地方。

I LOVE U。

眼淚奪眶而出，一滴滴滾下來，滴下來，撲下來。

一九九九年二月八日十九點十分，我終於掌握了鍵盤的用法，學會了打字。並且刻骨銘心，永不忘記。

I LOVE U。

我縮在走廊裡面。

在很久之後，我才有勇氣把姊姊留下的電腦裝起來。

裝起來之後，又過了很久，我才打開了那個QQ號碼。

只有一個聯繫用戶：無花果。

雖然是灰色，據說是灰色，是因為不在線。

可這個頭像是跳動的。

我點了它兩下。

無花果說：笨蛋，我是你老姊。

我哭得像一個孩子，可是無論多少淚水，永遠不能把無花果變成彩色。

無花果永不在線。

如果還有明天，小孩子待在昨天，明天沒有姊姊，姊姊在昨天用著Windows98。

到了今天，MSN退役，趕流行的人對著攝影機鏡頭跳脫衣舞，我書房電腦的螢幕上，依舊掛著五位數的QQ，永遠只有一個聯絡人，並且頭像灰色，永不在線，ID叫做無花果。

生育總是有一次陣痛，結果無數次陣痛。
相愛總是有一次分離，結果無數次分離。
四季總是有一次凋零，結果無數次凋零。
自轉總是有一次日落，結果無數次日落。
然而無花果永遠是灰色。
傷心欲笑，痛出望外，淚無葬身之地，哀莫過大於心不死。

擺渡人

世事如書，

我偏愛你這一句，

願做個逗號，待在你腳邊。

但你有自己的朗讀者，

而我只是個擺渡人。

擺渡人

小玉文靜秀氣，卻是東北女子，來自長春，在南京讀大學，畢業後留在這座城市。她是我朋友中為數不多正常工作的人，不說髒話不發神經，靦腆平靜地活著。

相聚總要喝酒，但小玉偶爾舉杯也被別人攔下來，因為我們都惦記著要有一個人是清醒的，好依次送大家回去。這個人選必須靠譜，小玉當之無愧。

有次在管春的酒吧，從頭到尾默不作聲的小玉偷偷喝了一杯，然後眼睛發亮，微笑愈加迷人。她驀然指著隔壁桌的客人捧腹大笑：「快看他，臉這麼長最後還帶個拐彎，像個完整的斜彎鈎，再加一撇那就是個匕。」

就是個匕！匕！這個讀音很曖昧好嗎?!全場大汗。從此我們更加堅定了不讓她喝酒的決心。

二〇〇八年秋天，大家喝掛了，小玉開著她那輛標緻307把我們一個個送回家。我沖個澡，手機猛震，小玉的簡訊：「出事啦，吃宵夜啊。」我立刻非常好奇，連滾帶爬地去找她。

小玉說：「馬力睡我那兒了。」馬力是個畫家，二〇〇六年結婚，老婆名叫江潔。

我一驚：「他是有婦之夫，你不要亂搞。」說到「不要亂搞」這四個字，我突然興奮起來。

小玉說：「今晚我最後一個送他，結果聽他嘟囔半天，原來江潔給他戴綠帽子了呢。」

小玉告訴我，馬力機緣巧合發現老婆偷人，憋住沒揭穿。最近覺察老婆對他熱情萬分，還有意無意提起，把房屋所有權狀名字換成她。馬力畫了半輩子抽象畫，用他凌亂的思維推斷，這女人估計籌備離婚，所以演戲想爭取資產。

我嚴肅地放下小龍蝦，問：「那他怎麼打算？」

小玉嚴肅地放下香辣蟹，答：「他睡著前吼了一嗓子，別以為就你會演戲，明天開始我讓你知道什麼叫做實力派演技。」

十月的夜風已經有涼意，我忍不住打個寒顫。

小玉說：「他不肯回家，我只好扶到自己家了。」

我說：「那你怎麼又跑出來？」

小玉沉默一會兒說：「我躺在客廳沙發，突然聽到臥室裡撕心裂肺的哭聲，過去一看，馬力裹著被子在哭，哭得蜷成一團。我喊他，他也沒反應，就瘋狂地哭，估計還在夢裡。我聽得心驚肉跳，待不下去，找你吃宵夜。」

我假裝隨口一問：「你是不是喜歡他？」

小玉扭頭不看我，緩緩點頭。

月亮升起，掛在小玉身後的夜空，像一輪巨大的備胎。

我和小玉絕口不提，但馬力的事情依舊傳播開，人人都知道他在跟老婆鬥智鬥勇。馬力喝醉了就住在小玉家，我陪著送過去，發現不喝酒的小玉在櫥櫃擺了護肝的藥。馬力顛三倒四說著自己亂七八糟的計畫，小玉在一邊頻頻點頭。

由於臥室被馬力霸占，小玉已經把客廳沙發搞得跟床一樣。

我說：「這樣也不是個辦法，我給他開個房間吧。」

小玉看向馬力，他翻個身，咂咂嘴巴睡著了。

我說：「好吧。」

臨走前我猶豫著說：「小玉……」

小玉點點頭，低聲說：「我不是備胎。我想了想，我是個擺渡人。他在岸這邊落水了，我要把他送到河那岸去。河那岸有別人在等他，不是我，我是擺渡人。」

我嘆口氣，走了。

過了半個多月，馬力在方山辦畫展，據說這幾年的作品都在裡面。我們一群人去捧場，面對一堆抽象畫大眼瞪小眼。馬力指著一幅花花綠綠的說：「這幅，我畫了我們所有人，叫做朋友。」

我們仔細瞧瞧，大圈套小圈，斜插八百根線條，五顏六色。

我震驚地說：「線索紊亂，很難看出誰是誰呀。」

大家面面相覷，一哄而散。馬力憤怒地說：「呸。」

只有小玉站在畫前，興奮地說：「我在哪裡？」

午。

馬力說：「你猜。」

小玉掏出手機，在百度網搜尋著「當代藝術鑒賞」「抽象畫的解析」，站那兒研究了一個下

又過半個多月，馬力顫抖著找我們，說：「大家幫幫忙，中午去我家吃飯吧。我丈母娘來了，我估計是場硬仗。」

果然是場硬仗，幾個女生在廚房忙著，丈母娘漫不經心地跟馬力說，聽說你的畫全賣了，有三十幾萬？馬力點點頭。丈母娘說，你自由職業看不住錢，要不存我帳上，最近我在買基金，我替你們小兩口打理吧。

滿屋子鴉雀無聲，只聽到廚房切菜的聲音，無助的馬力張口結舌。

管春緩緩站起來，說：「阿姨，是這樣的，我酒吧生意不錯，馬力那筆錢用來入股了。」

丈母娘皺起眉頭，說：「也不打招呼，吃完我們再談怎麼把錢抽回來。」

這頓飯吃得十分煎熬，我艱難地找話題，但仍然氣氛緊張。吃到尾聲，馬力默默地走進書房，出來的時候拿著一個盒子，放在桌上，說：「銀行卡的密碼是我們的結婚日期，明天我去把房子過戶給你。」

他頓了頓，說：「太累，離婚吧，你跟他好好過。」

就這樣馬力離婚了，沒分到半毛錢。我問他，明明是前妻出軌，你為什麼反而都給她？馬力

說，男人賺錢總比她容易點兒，有間房子有點兒存款，就算那個男人對她不好，至少她以後沒那麼辛苦。

他擦擦眼淚，說：「我們談了四年，結婚一年多，哪怕現在離婚，我不能無視那五年的美好。」

我點點頭，說：「也對。」

小玉幫馬力租了間公寓，每天下班準時去給他送飯。一直到初冬，朋友們永遠記著那天。江潔和現任老公到管春酒吧，和馬力迎面撞到。他結結巴巴地說：「你們好。」那個男人說：「聽說你是個偉人？難得碰到偉人，咱們喝兩杯。」

馬力和江潔夫妻在七號桌玩骰子！整個酒吧的人都一邊聊天，一邊豎起耳朵斜著眼睛觀察七號桌。沒幾圈，馬力輸得乾了好幾瓶，臉紅脖子粗。

江潔說：「玩這麼小，偉人也不行了。」

大家覺得不是辦法，我打算找碴兒趕走那對狗男女。小玉過去坐下來，微笑著對江潔說：「那玩大點兒，我跟你們夫妻來，打『酒吧高爾夫』，九洞的。」

「酒吧高爾夫」是個激烈的遊戲。去一家酒吧，比賽的雙方直接喝一瓶啤酒，加一杯純的洋酒，叫一杆一球，喝完代表打完一個洞，然後迅速趕往下一家。九洞的意思，就是要喝掉九家，誰先完成，回到起始酒吧，就算贏了。

江潔盯著她，說：「好啊，就從這裡開始。」接著她點了根菸，報了另外八家酒吧的名字。

全場嘩然，我還沒來得及阻攔，小玉已經咕咚咕咚喝完。接著她的眼睛亮起來，如同迷離的燈光裡最亮的兩盞。

小玉和江潔夫妻一起走出酒吧。所有人轟然跟著出門，我盡力湊到小玉邊上，她衝我偷偷一笑，說：「你們都忘記我是東北女子啦。」

這天成為南京酒吧史上無比華麗的一頁。

小玉坐著管春的帕薩特，抵達1912街區，從亂世佳人喝到瑪索，從瑪索喝到當時還存在的傳奇酒吧。每次都是直接進去，經理已經在桌子上擺好酒，咕咚咚一瓶加一杯，喝完立刻走，自然有人買單。

接著走出街區，其他五家酒吧老闆聞訊趕來，幾輛車一字排開。看熱鬧的人們紛紛叫車，一路跟隨。大呼小叫的車隊到上海路，到鼓樓，到新街口，再回新街口。

文靜秀氣的小玉，周身包裹燦爛的霓虹，蹬著高跟鞋穿梭南京城，光芒萬丈。

喝完一家酒吧，小玉的眼睛就會亮一點兒。她每次都站在出口，掏出一面小鏡子，認真補下口紅，一步都不歪斜，筆直走向目的地。

管春默不作聲開車，我從副駕看後視鏡，小玉不知道想著什麼，呆呆地把頭貼著車窗，臉紅通通的。

回起點的路上，小玉突然開口，說：「張嘉佳，你這一輩子有沒有為別人拚命過？」

我一楞，不知道怎麼回答。

小玉看窗外的夜色，說：「我說的拚命，不是拚命工作，不是拚命吃飯，不是拚命解釋的拚命，那只是個形容詞。我說的拚命，是真的今天就算死了，我也願意。」

她搖搖頭，又說：「其實我肯定不會真的死，所以也不算拚命。你看，我喜歡馬力，可哪怕他離婚了，我也沒法跟他在一起。我喜歡他，願意為他做很多事情，如果我們真的在一起，我一定會要求他也這樣對我。但是不可能啊，他又不喜歡我。所以，我只想做個擺渡人，這樣我很開心。」

我沉默一會兒，說：「真開心，開心得想罵髒話。」

到了管春酒吧，人頭鑽動，小玉目不斜視，毫無醉態，輕快地坐回原位。人們瘋狂鼓掌，吹口哨，大聲叫好。馬力的前妻不見蹤影，大家喊著贏了贏了。

朋友衝進來興奮地喊：「馬力的前妻掛了，在最後一家喝完就掛了。」

眾人激動地喝彩，說：「他媽的，打敗姦夫淫婦，原來這麼痛快。小玉酷！東北女孩酷！文靜妹子大發飆，浪奔浪流浪滔滔！歡迎小玉擊斃全世界的婊子！」

我問：「馬力呢？」

朋友遲疑地看了眼小玉，說：「喝到第三家，姦夫勸江潔放棄，江潔不肯，姦夫一個人跑了。喝到第八家，江潔掛了，坐在路邊哭。馬力過去抱著她哭。然後，然後他送她回家了。」

酒吧登時一片安靜。

小玉面不改色，又喝一杯，輕輕把頭擱在桌面上，說：「靠，累了。」

如果你真的開心，那為什麼會累呢。

春節小玉和我聊天，說在南京工作五六年，事業沒進展，存不下錢，打算調到公司深圳總部。我說，很好。

我們給小玉送別。大家喝得搖搖晃晃，小玉自己依舊沒沾酒。先把馬力攙扶到樓下，管春上樓繼續背其他人。

馬力坐在廣場的長椅上，腦袋耷拉著。我看見小玉站在長椅側後方，路燈把兩個人的影子拉長。小玉慢慢抬起手，地面上她的影子也抬起手。她微笑著，讓自己的影子抱住了馬力的影子。

可是她離馬力還有一步的距離。

她要走了，只能抱抱他的影子。可能這是他們唯一一次隆重的擁抱。白天你的影子都在自己身旁，晚上你的影子就變成夜，包裹我的睡眠。

世事如書，我偏愛你這一句，願做個逗號，待在你腳邊。

但你有自己的朗讀者，而我只是個擺渡人。

小玉走了。

後來，馬力沒有再婚，去藝術學院當老師，大受女學生追捧。但他潔身自好，堅持獨身主義，只探討藝術不探討人生。

後來，小玉深夜打電話給我，說：「聽到海浪的聲音沒有？」

我說：「聽到啦，富婆又度假。」

小玉說：「現在我特別後悔小時候沒學點兒樂器。一個人坐在海邊，如果你會彈吉他，或者會吹口琴，那就能獨自坐一天。因為可以在最美的地方，創造一個完全屬自己的世界。」

她停頓一下，說：「不過我發現即使自己什麼都不會，也能在海邊，聽著浪潮，看著篝火，創造一個完全屬自己的世界。那，我有回憶。」

我有回憶。這四個字像一柄重錘，擊中我的胸口，幾乎喘不過氣來。

小玉說：「剛到深圳的時候，我每晚睡不著，想跟過去的自己談談，想跟自己說，擺渡人不知道乘客究竟要去哪裡，或者他只是想回原地。想跟自己說，那些河流，你就別進去了，因為根本沒有彼岸，擺渡人只能飄在河中心，坐在空蕩蕩的小船裡，呆呆看著無數激流，安靜等待淹沒。你真傻。」

她說：「即使這樣，哪怕重來一遍，我也不會改變自己的選擇。這些年我發現，無論我做過什麼，遇到什麼，迷路了，悲傷了，困惑了，痛苦了，其實一切問題都不必糾纏在答案上。我們喜歡計算，又算不清楚，那就不要算了，而有條路一定是對的，那就是努力變好，好好工作，好好生活，好好做自己，然後面對整片海洋的時候，你就可以創造一個完全屬自己的世界。」

二〇一二年春節，我去香港做活動，途經深圳，去小玉家吃飯。小玉依舊文靜秀氣，說話輕聲，買了很多菜，跟保姆在廚房忙活。

我坐在客廳沙發上，抬頭看見一幅畫，叫做《朋友》。

我說：「小玉，你怎麼掛著這幅畫？」

小玉端著菜走進來，說：「三十萬買的呢，我不掛起來太虧啦。」

我說：「你在裡面找到自己了嗎？」

小玉笑嘻嘻地說：「別人的畫，怎麼可能找到自己。」

我笑著說：「你過得很好。」

小玉笑著說：「是的。」

我們都會上岸，陽光萬里，路邊鮮花開放。

那些細碎卻美好的存在

發現梅西會嘆氣是牠四個月的時候。狗頭枕在自己前腿，傻不楞登看電視，忽然重重嘆了口氣。

養狗的麻煩在於，你寫稿子的時候牠縮在書桌下，你躺沙發的時候牠貼著沙發趴著，你睡床的時候牠四仰八叉臥床邊，完全不顧及自己也有窩。然後你耳邊永遠有牠細細的呼吸聲。

就算在外地，有時候也恍惚聽見牠的嘆氣。或者這是幸運。

就譬如我吃飯，無論上什麼菜，都會想到父母的手藝。哪怕身旁或車水馬龍、喧嘩煩躁，或夜深人靜、隨心獨處，都會隱約覺得父母正在小心叮嚀，雖然分不清楚具體的內容，可聲音熟悉，溫暖而若有所失。

這世界上有很多東西，細小而瑣碎，卻在你不經意的地方，支撐你度過很多關卡。

不要多想那些虛偽的存在，這世界上同樣有很多浮誇的傢伙，我偶爾也是其中一個。

如果尚有餘力，就去保護美好的東西。

前一陣子，哥們兒跟我聊天，說吹了一單上百萬的合同，很沮喪。我說，那你會不會死？他說不會，我說那去他媽的。

前幾天他跑來說，又吹了一單上百萬的合同，真煩躁。我說，那你會不會死？他說不會，我說那還是去他媽的。

但他依舊心情不好，那開車出去散心吧。

他開著車，在高速公路上鑽來鑽去，超來超去。我說，你不能安分點兒嗎？他說，你害怕啦哈哈哈哈。我說，你這樣會不會死？他楞了一會兒，說，會。我說，那他媽的還不安分點兒？

他沉默一會兒，說，你這個處事準則好像很拉風啊。

我說那是。

兩天後回南京、過無錫，快抵達鎮江，巡航速度一百過一點。

突然闖進暴雨區，突如其來的。

他叫了一聲，我靠，打滑了。

然後抓著方向盤，嘴裡喊我靠我靠我靠我靠。

不能踩剎車，踩了更要命，一腳下去後果不堪設想。開著巡航，鬆油門也不會減速。於是我們保持著這個悍然速度，決然側撞。

我們在最左邊的超車道，車子瞬間偏了幾十度，帶著旋兒撞向最右邊的護欄。

在不到一秒的短短時間裡，我眼前閃過了成百上千的妹子，並排站成長龍，她們有的穿義大利球衣，有的穿西班牙球衣。她們胸口捧著足球，有的大，有的小，眼神都同樣那麼哀怨，淚光盈盈，說：「你不要我們了嗎？」

吹牛的。其實我只來得及想：要斷骨頭了！

接著眼睜睜看見護欄筆直衝我撲來，渾身一鬆：搞屁啊，算了，去吧去吧……

車頭撞中護欄，眼前飛快地畫個半圓，車側身再次撞中護欄，橫在右道。

哥們兒攥著方向盤發呆，我聞到炸開氣囊的火藥味，和劇烈的汽油味。

我一邊解安全帶，一邊說，下車啊他媽的。

車就算不自燃，萬一後頭來一輛冒失鬼直接撞上，那等我們醒來後也快過年了。

兩人下車後，暴雨滂沱。

我開後車門，看看iPad被甩到後座，居然還沒壞，鬆口氣。接著去開後車廂，掀開墊子找警示牌。接著兩人往前走，找又能躲雨又能躲車的地方。

相關人士二十分鐘就到齊了。

安全帶拉開，做好隔離。車子形狀慘烈，前蓋整個碎了，引擎感覺快掉下來。嗯，拍照拍照。幸好我們一直堅持不買日本車。

各色人等該幹嘛幹嘛，坐著維修廠的車去簽字。工作人員不停地說，你們命大，車沒衝出去，也沒翻，後面也沒追撞，你們是不是上半年做了什麼事可以避災啊，你們這就是奇蹟啊……

今天是二〇一二年七月一日。我剛過三十二歲生日九天。

生日過後，我莫名其妙地把所有的佛珠手鍊都戴著，這不符合我的性格，因為它們戴著挺重，也不知道為什麼，我就是沒有摘下來。

仔細數數，這是我生命中第四次擦著鐮刀，懵懂地走出來。

每次不知其來，不明其逝，卻有萬千後遺症。

每次過後，願意去計較的事情就越來越少。

完事後，我們去火車站。

在站台邊，車還沒來，哥們兒突然說，我現在深刻理解你的一句話：遇到事情的時候，就問自己，會不會死？

不會。那去他媽的。

會。我靠，那不能搞。

有些事情值得你去用生命交換，但絕對不是失戀、飆車、整容、丟合同，和從來沒有想要站在你人生中的浮誇鬼。

青春裡神一樣的少年

小學是拉幫結派的發源期，一切東西都要占。比如乒乓球桌，下課鈴一響，誰先衝到桌子邊，就代表誰占了桌，誰能加入進來打球，都要聽他的話。他讓誰打，誰才能進入內圍。

一開始，個頭小速度快的人很是風光，幾乎每個課間休息都是霸主，直到小山轉學過來，才終止了這條江湖規矩。因為無論誰占到，都必須把控制權移交給他。

長大後我才明白，這就是所謂的威信。

當時老師給我起了個外號，叫「大便也要離三尺」，由此可見，我基本沒有威信這個玩意兒，連親和力都不存在。

本來我還能仗著坐前排，偶爾占幾次乒乓球桌，當老大小山出現後，就斷絕了我打乒乓球的機會。

我只有兩個選擇，一、去宣誓效忠，委身為小山的跟班。二、也成立幫派，與之對抗。

我為此掙扎良久。其實我也身懷背景，班長是成績最好長得最好看的馬莉，威信僅次於小山。她莫名其妙每日對我示好，帶些餅乾話梅啥的給我，而且我是午睡時間唯一可以翻漫畫書看而不被她記名字的人。

但我討厭她的馬尾辮。她坐在我前邊，一長條辮子晃來晃去，搞得我經常忍不住爆發出想放火燒個乾淨的欲望。

日復一日，我永遠被排擠在乒乓球桌外圍，怨氣逐漸要衝垮我的頭腦，我做了個出乎大家意料的決定。我介紹馬莉給小山認識，說這個女孩不錯，要不你們談朋友。小山大喜，這個下流的舉動獲得了小山無比牢固的友誼，問題是，我失去了午睡時間翻漫畫書不被記名字的特權。

小山宣布，從此我就是副幫主，和他同樣具備挑選打球人的資格。

剩餘的整個小學時代，我們一起享受著同學們的進貢。當然，拿到的東西，比以前只一個馬莉送我的餅乾、話梅多了N多倍。

國一我把時間都荒廢在踢足球上。小山家開餐廳，他沒有讀下去，徹底當了社會混混。

他約我打撞球。鎮裡僅僅一家撞球室，撞球室僅僅一張球檯。我穿著球衣，他穿著人造革皮衣，跑到撞球室，已經有幾個國中生打得正歡。

小山扯下手套，叼一根雲菸，緩步走到那幾名國中生面前，冷冷地說：「讓。」

國中生斜眼看他，也點了根菸。

小山用一副手套拍了拍掌心，驀然一揮手，皮手套直抽一人的面頰，「啪」，聲音清脆。

那人的鼻血立刻流了下來。其他人勃然大怒，操起球杆，要上來拚命。

小山暴喝：「不許動！」

他脫下上衣，打著赤膊，胸口紋著一個火焰圖案。

那年頭那鄉下地方，誰他媽的見過紋身呀？

國中生楞了楞，喃喃說：「你是小山哥？」

小山「嘩啦」披好衣服，「噗」地吐掉菸頭。國中生們趕緊遞菸，點頭哈腰。

這是我生命中第一次看到如此威風凜凜的場面。鄉村古惑仔的夢想，盤旋於我的少年時代。

後來我們經常打球，有次打到一半，衝進個小山的忠實粉絲，大喊大叫：「小山哥，三大隊和六大隊打起來啦！」

小山拽著我，跳上摩托車，直奔村子。

二十世紀九〇年代初的農村，每個村子還保留著大隊的稱呼，就是所謂的生產大隊。

兩邊起碼聚齊了一百多號人，人人手舉鋤頭鐵耙，僵持在兩村相交的路口，破口大罵。

我一眼認出來滿頭是血的馬莉。然後小山的眼睛通紅，咆哮一聲殺了進去。

在那場可怕的鬥毆之後，我曾經仔細數了數，跟小山一共見面三次。

前年國慶日，我回老家，在馬路邊的飯館前看到了一個中年胖子，樂呵呵地笑著，懷裡抱著嬰兒。我遲疑地喊：「小山。」他朝我客氣地笑笑，說：「回來了？」

我們在他餐廳吃了頓，口味一般，喝了很多。他醉醺醺地說：「你知道嗎，我坐了四年牢。但老天對我很好。」

我回頭看看抱著嬰兒的馬莉，馬莉左眼無光，右眼流露著對孩子的無限溫柔。

十多年前，她的左眼就是戴著假眼珠。

我一直在想，小山困守在落後的小鎮，要文化文化沒有，要家產家產沒有，對，就是困守，卻堅守著一個瞎了眼的女人。而飛出去的兄弟們，如今離了幾遭的有，渾渾噩噩的有。

究竟誰對這世界更負責些？

回到國中年代，那場鬥毆的現場。

在三大隊村長的咆哮聲裡，他喊得最多的詞語就是強姦。我完全不明白什麼叫做強姦。聽旁邊人議論，六大隊一個混混，強姦了三大隊的一個女孩。因此雙方聚眾火拚，卻因為國中生年紀的小山改變了局面。

小山，十五歲，身高一七七公分，八十公斤，脾氣暴烈。

小山脾氣暴烈，只是對我顯得寬容。

小學六年級，我一直生活在對小山的深深愧疚中。

開學文藝匯演，歡度國慶。我們排了個小品，按照梁祝的故事，在老師指導下拼湊了簡易的劇情。

小山雖然又高又胖，但身為幫主，自然擔負男一梁山伯。作為副幫主的我光榮地飾演馬文才，襯托幫主的形象。

馬莉飾演祝英台。

彩排得好好的，正式演出時台下坐著校長老師同學，黑壓壓一片，卻捅了婁子。梁山伯到祝英台家拜訪，馬文才登門求親，梁山伯見勢不妙，趕緊也求親。兩人跪在祝英台面前，手裡捧著文書，腳下互相踹著。

台下哄堂大笑。

祝英台選擇了馬文才手裡的文書。

台下鴉雀無聲。

負責排練的老師急得站起來亂揮手，小聲地喊：「錯了、錯了！」

然後台下又哄堂大笑。

含著眼淚的祝英台堅持拿著馬文才的文書，死死不肯鬆開，也不肯換梁山伯手裡的文書。

我和小山打撞球，偶爾會提起這件事，他隨意地摟住我，笑呵呵地說：「自家兄弟，過去了就過去了，再說當時被老師趕下台的是我們三個，大家一樣難看。」

從我得到的消息，小山和馬莉小學畢業後沒什麼交集。直到那天奔赴三大隊、六大隊的路口，農民們大打出手，其實也就兩人受傷。

問題是馬莉便在中間。

她被捅瞎了左眼。

另外一個受傷的是三大隊名氣很大的瘋狗。他從小精神有問題，誰也不敢惹他，比我們大四、五歲，小學都沒讀，誰不小心碰倒了他們家籬笆，或者踩了他家地裡的莊稼，他可以拔出菜刀，衝到肇事者家裡，窮追猛打不依不饒一個星期。

瘋狗捅瞎了馬莉。

所以小山抽出摩托車的車鎖，一根長長的鐵鍊條，劈頭蓋臉地狠砸瘋狗。

而且只砸頭部。

瘋狗沒死，但住了多久醫院我不清楚，因為國二我被調到外地學校。那裡比我老家更加破敗陳舊，尚未升等為鎮，叫金樂鄉。據說升學率高一點，母親毫不遲疑地動用關係，將我丟到那邊。

這裡的農村黑社會就不太發達了，學校充滿了學習氛圍，連我騎一輛登山車都會被圍觀。後排兩個女孩交了錢給食堂，伙食比其他人好些，中午有山藥炒肉片之類的吃。她們邀請我，被我拒絕了。

我覺得接受女孩子的饋贈，將會遭遇慘烈的報復。這個觀點我保留至今，人家對你好，你就要對她更好，免得到後來每天生活在愧疚裡。

女孩在食堂剛端好菜，斜插個高年級生，一把搶過，我依稀記得是碗香芋燒肉。女孩細聲細氣，說：「還給我。」男生丟了一塊進嘴裡，嬉皮笑臉地說：「不還。」

女孩眼淚汪汪，撇著嘴要哭。都什麼年代了，還為點糧食鬧矛盾。

我走上前，但不比小山，沒戴皮手套，隨手將一整盆米飯扣在男生臉上，接過那碗香芋燒肉，遞給女孩。

男生揪住我衣領，他高我半頭，我摘下別在衣袋上的鋼筆，用嘴巴咬掉筆蓋，筆尖逼近他的喉嚨。男生臉色煞白，轉身就走。

期中英語考試，我背不全二十六個字母，看著空白考卷發呆。後排丟了張字條過來，是選擇題答案。這是我歷史悠久的作弊生涯的開端，而且這開端就極度不成功。因為剛抄一半，監考老師跑近，手一攤要我交出來，我瞥她一眼，緩緩放進嘴巴，努力咽了下去。

監考老師勃然大怒，顫抖著手指著我說：「零分！我會告訴校長，你等著回去重讀國一吧！」

後排女生顫抖著站起來，小聲說：「老師，他沒有作弊，那是我寫給他的情書。」

我經歷過許多次怦然心動，這算一次，可惜如今我連她的名字也記不起來。因為沒幾天我又轉學了。

調到母親自己當校長的國中。和張萍同桌，然後花半學期學完前兩年的課程，後面迎頭趕上，居然考取了全市最好的高中。

那所高中離老家二十公里，我寄宿在姨媽家。中間瞞著家人請假，騎自行車回老家，參加了一場畢生難忘的婚禮，小山和馬莉的婚禮。

農村人結婚，問村裡其他人家借桌子凳子碗筷，開闢一塊收割掉莊稼的田地，請些老廚子，燒一大堆菜餚，鄉里鄉親誰來了便立刻落座。

樂隊敲鑼打鼓，吹嗩吶。

小山家應該是掏出了很多積蓄，因為一大塊田地上，擺了起碼四十桌，但空蕩蕩的，只坐了十桌不到。大批大批熬好燉好的菜，擺在長條桌上，卻端不出去。

小山的姑媽抹著眼淚跟我說：「他把瘋狗打成殘疾，連夜逃跑。整整三年多家裡聯繫不到他，後來聽說只有馬莉接到過他的信。於是親戚好友們勸馬莉，寫信給小山，讓他回來自首。於是馬莉寫了這封信。於是小山回來自首。他自首的時間，就放在這場婚禮之後第二天。他是兇手，是囚犯。淳樸的農村人膽小而思想簡單，他們不想趟渾水，因為不吉利。這個喜宴在他們眼中，充滿污濁和晦氣。

在幾十個親戚的沉默裡，胖胖黑黑的小山，穿著灰撲撲的西裝，滿臉喜氣地放起鞭炮。新娘接來了，一輛麵包車停在田邊。

在幾十個親戚的沉默裡，胖胖黑黑的小山，三步併作兩步，牽著獨眼龍新娘，走進新房。太陽落山，沒有路燈，農房裡拉出幾根電線，十幾顆幽暗的燈泡，散發著橘紅色的燈光。在竊竊私語的幾桌人中，我猛地擦擦眼淚，提著兩瓶酒衝進新房，一瓶交給他，互相碰碰，乾掉。

小山對我笑笑，我無法明白這個笑容裡包含的情緒。蒼白、喜悅、悲傷、憤怒，還有一絲淡淡的滿足、解脫。

我只能砸掉酒瓶，騎上車，踩二十公里回學校。

小山的女兒起名小莉。前年我們在他家餐廳吃飯，女兒兩歲。他一九九七年坐牢，二〇〇一年出獄，家裡的餐廳早已變賣，賠償給了瘋狗家。

小山一出獄，看到家裡基本沒有經濟收入，三間平房租出去，父母和馬莉擠在一間小破屋子裡。

他喝了幾天酒，同馬莉離婚，借了點錢留給父母，自己坐火車去天津闖蕩。

中間路過南京，我請他吃飯。

他打著赤膊，胸口一朵火焰紋身，大口喝著二鍋頭，有一搭沒一搭地聊著。

我問：「你去天津有什麼打算？」

他說：「跑運輸，起碼把餐廳給贖回來。」

我問：「馬莉呢？」

他說：「我虧欠她，現在還不了她，不管她嫁給誰，等我回老家，一定給她一筆錢。男人什麼都不能欠，當然更不能欠女人。」

我已經欠了好幾個女人，沒資格說話，狠狠喝了半瓶。

他把喝空的酒瓶砸到地上，拎起破舊的包包，說：「不用送。」揚長而去。

然後九年不見。

由於我家搬到市裡，所以回去就很少到老家。直到這個國慶，我去找親戚，路過那家餐廳，發現它又屬小山了。

我與他們再次相遇，馬莉一直沒嫁人，和小山二〇〇七年再婚，二〇一〇年小莉兩歲。

想來想去，我只是陪伴他們的一顆暗淡無光的星，無法照明。

我是小學班長本子上記錄的不睡覺的人名，是被自己吞下肚子的考試答案，是騎著登山車來回奔跑的下等兵。

梁山伯沒有下跪，他休了祝英台。可是祝英台待在原地，遠遠想念著梁山伯，一直等到他回家。

他們的兩次婚禮，一次我有幸參加，是在幾十個親戚的沉默裡，胖胖黑黑的小山，三併作兩步，牽著獨眼龍新娘，走進新房。太陽落山，沒有路燈，農房裡拉出幾根電線，十幾顆幽暗的燈泡，散發著橘紅色的燈光。

第二次據說沒有什麼張羅。不過，他們毫不遺憾。

至於馬文才，已經不是這個故事裡的人了。

而那些如流星般劃過我生命的少年，有的黯然頹落，有的光芒萬丈，從這裡依次登場。

十二星座的愛情

雙子座

參加朋友婚禮，到了現場，美美居然發現自己這桌是老同學，桌席卡上還有前男友的名字。美美靈機一動，開始心中準備草稿，萬一他和我說話，我該怎麼回答？

美美假想著前男友微笑著對她說：「你好。」

然後她努力在心裡開始造句：「好什麼好！聲音那麼大，野狗唱山歌嗎？他媽的砂石車一樣走到那兒都是晦氣，我呸！掃帚星來參加婚禮不是違法的嗎？警衛呢，拖出去腰斬！哎呀你老婆怎麼沒來？就算死了也把棺材扛過來嘛，這才叫誠意……」

她越想越多，有人說：「你好。」

美美抬頭一看是前男友，一楞，說：「你好。」

兩人再也沒有說話。

金牛座

雪花正在寫筆記，明天得去做家教。她備課很認真，因為這樣才對得起雇主。

室友衝進來，神祕地說：「你知道嗎，你喜歡的學長，對，就是他，找了個女朋友！」

雪花張大嘴巴，什麼話都說不出。

室友惋惜地嘆氣：「唉，誰叫你不敢追，現在沒指望了，他的女朋友可有錢了呢！」

雪花的眼淚「刷」地流下來，她丟掉筆記本，手忙腳亂地去找手機，大叫：「有錢了不起嗎?!我現在就打電話，去找十七、八份兼職，我也會有錢的！」

處女座

約好一起旅遊，要去買車票，東東拿了男朋友的身分證，結果直奔電信公司查閱通話紀錄。東東坐在路邊長椅，手裡拿著長長的紙條。從密密麻麻的號碼中，用紅筆將其中一個依次圈出來，畫了上百個圈。

人來人往，沒有人看她一眼。

東東回家，男朋友正在看電視。她正要把紙條摔到他臉上，男朋友說：「我們分手吧！」

東東的手僵在衣服口袋裡，攥緊了那張通話紀錄。

她的眼淚奪眶而出，說：「不要。」

天秤座

大清早，程達就在家大吵一架。女朋友含著淚水，拿著有合影的相框，喊：「不要過了是嗎？」

程達冷冷地說：「不敢砸是吧，我幫你砸。」

說完他搶過相框來，在地上砸得七零八落，說：「翻我手機翻出什麼來了？翻出什麼來了？」越說越氣，他從床頭櫃找出一張明信片，一撕兩半：「對，不過了，愛滾、滾！」

女朋友哭得講不出話，程達摔門而出。

整天上班沒心情，下班跟哥們兒喝酒，說自己找錯女人了，真他媽的賤。哥們兒跟他乾杯說：「沒事沒事明天就好了。」

發洩完了，程達突然覺得心疼起來，因為其實整天他都在回想，那個女孩趴在沙發上，手裡托著一張明信片，說：「阿達，這是你唯一送我的禮物呢，我每天都看。」

他跑回家，假裝什麼事都沒發生，推開門跟平常一樣說：「我回來了。」

可是從那天開始，這間屋子裡再也聽不到她的回答：「哎呀，先換鞋。」

天蠍座

周末七仔賴床，看到女朋友的微博說，跑步真要命，不過身材變好了呢！

七仔回覆：別太累。打字打完，又刪掉，怕她說自己嘮叨。

他打開冰箱，空蕩蕩的，於是打算去菜市場買排骨燉湯。還沒出門，他又想，排骨湯也沒什麼好喝的，油膩膩的。

七仔回到床上，翻來覆去，又去看女朋友的朋友圈，她貼了張照片，在一家鮮花盛開的茶店。

七仔看著她的笑臉，忍不住在她的頁面繼續往前翻，翻到昨天和前天的，可是沒有其他的。
猶豫了一會兒，他發了條簡訊：老時間、老地方見，好嗎？
下午恍恍惚惚地過去了，沒有回音。
七仔一天沒吃東西，等到天黑了，夜深了，窗外只有路燈在看他。
他拿起電話，三天來第一次打女朋友的電話。撥通過去，對面有個女聲：「您撥的是空號。」
這是七仔分手後的第三天。

牡羊座

元子拎著大包小包，都是剛逛街買的衣服，自己的信用卡已經刷爆。她一路不說話，從計程車下來，夜很深。男朋友默默跟在她身後，把她送到樓下。
男朋友說：「我只能送你到這裡了。」
元子說：「我知道。我們一起走了很多地方，你還是把我送回來了。」
男朋友說：「對不起。」
「你是要說對不起。你帶走我的時候，我比現在年輕，喜歡唱歌，身邊有很多朋友。」
「對不起。」
「閉嘴，滾吧！」
元子走上樓梯的時候，眼淚才掉下來。

巨蟹座

沫沫躺在床上，陽光灑滿被子。她用力大叫：「媽，你又在大掃除啊，幫幫忙嘛，我這裡也清理一下。」

媽媽在她屋子裡瞎轉，說：「全是灰，這些唱片和書扔掉算了？」

沫沫一骨碌翻身起床，叫：「不扔，我還有用的。」

媽媽嘀咕著出門。沫沫突然發呆，看著櫃子上的那些雜物。

總有一首歌，是我們都喜歡的；總有一本書，是我們都喜歡的；總有一段時間，我們是彼此喜歡的；總有些喜歡，在一段時間之後，是怎樣都來不及的。

總有些東西，對你毫無價值，可是一直捨不得扔的。

我住在你丟掉的那首歌裡面，懷抱所有音符；我睡在你丟掉的那本書裡面，封面封底夾著我所有的白晝與黑夜。

水瓶座

劉吉微笑著說：「好了就送到這裡，擁抱一下。」兩人輕輕抱了一下，女朋友拖著箱子走進剪票口。劉吉忍不住喊：「真的不回來了嗎？」女朋友聽不見，隔著玻璃對他揮揮手。

劉吉站了十分鐘，轉身離開。他不回頭了，努力走得很快。一個人走進旁邊的小店，要了份九十元的快餐。

吃了一口就咽不進去。不好吃，也沒有味道。你該上車了吧。呆呆地坐在小店裡，心裡是她坐在車裡，頭靠著玻璃窗的樣子，似乎自己還坐在旁邊。

你駛離這座城市的時候，天好像黑了。

原來送別是這麼容易天黑。

射手座

在張華上的小學，圖書館沒幾本書。每天每班由班長去借，但只能借一本，然後有興趣的同學可以傳閱。

張華跟班長關係很好，他甚至想像過和她結婚的畫面，想著想著笑了起來，被老師用粉筆頭扔到腦門。班長每次借回來書，都先給張華。要是張華不喜歡讀，才交給下一個同學。

直到有一天，班長借回來書，給了前排的男同學。

張華楞了一會兒，假裝午睡，然後整個下午都聽不進課。他想，可能班長知道，自己不會看這本書吧。

第二天，班長借回來書，依舊先給了前排的男同學。

回家路上，田裡開著油菜花。張華邊走邊哭，然後從書包裡拿出一本漫畫，撕得粉碎。這是求媽媽買的，如果今天班長能先給他書，他就打算把這本漫畫送給她。

走在油菜花邊上的張華，滿臉淚水，心想：有什麼了不起，你送給我，我也不看了。

可是，我們手中都有一樣寶貝，別人不見得想要呢。

雙魚座

水果聽到身後有人打噴嚏，她心裡一緊，提前走了，去學校醫務室買點兒感冒藥。

她把藥送到男生宿舍，讓舍監伯伯轉交給他。

下午他帶著一支水杯走進教室。借著轉身跟其他同學聊天的機會，水果用餘光瞥到，他的杯子邊擺著那感冒藥。

水果覺得很開心。

她又回頭，卻看見他的女朋友拿他的杯子喝水。

水果覺得不開心。

晚上，室友跟遠方的男朋友講電話。水果對著鏡子左看右看，心想，我是不是也應該把長頭髮留起來呢？

舍監阿姨進來，遞給她字條，說是那個男生給她的，電話打不通。

水果的心臟要跳出胸膛，發現室友沒有注意到，趕緊藏起字條。

熄燈後，她整個人鑽進被窩，打開手電筒，看那張字條：明天數學給我抄一下好嗎，看在同鄉的份上，求你了。

獅子座

綠燈只剩四秒，前面的車遲遲不起步，小豆一個左拐，結果卡了三個紅燈。

小豆暴跳如雷，扭一把方向盤直接換車道，換直行，擦到別人的車。

一個中年男子下車，摸摸擦出來的漆痕，皺著眉頭說：「有毛病嗎？」

小豆說：「我的車子也擦到了。」

中年男子說：「小女孩，那是你自己的事情。再說了，你的車哪有我的擦得厲害。」

小豆掏出手機，猛砸在自己車玻璃上，喊：「好啊，現在夠了吧，現在夠了吧，現在我比你倒楣了吧？」

中年男子一楞，嘀咕說：「神經病，算了。」說完，他回車上開走了。

小豆看著地上砸壞的手機，又看看砸出裂痕的車窗，面無表情地坐回車裡。

她扭頭對副駕的男朋友說：「我知道了，那就分手吧！」

車輪碾過手機，碾碎小豆喜歡的照片。

摩羯座

舟舟晾好衣服，陽光透過窗戶，十分刺眼。

她把晾好的衣服一件一件再次整理平順，回到廚房，打開冰箱，打算做早飯。

煎蛋、牛奶、麵包，整齊地放在桌面。

舟舟又在冰箱上貼了張字條，想了想，寫了行字：我愛你，你要保重自己。

已經九點了。

舟舟拖著行李箱，走到門口，回過頭再看了一眼這個熟悉的房間。

她掏出手機，拍了一張照片，儘量把每一件東西都能留在照片裡。
然後她看見男朋友站在螢幕裡。
他說：「一定要走嗎？」
舟舟的眼淚嘩啦啦流下來，她微笑著說：「再見。」
舟舟走出門，陽光依舊晃眼。她打開手機，看那張照片，哭得不能自已。

每顆星辰鑲嵌在天空之中，在你死去之前，都不會看見它們移動一分一毫。
美美、雪花、東東、程達、七仔、元子、沫沫、劉吉、張華、水果、小豆、舟舟……他們全部都是你。十二星座的光芒從不停歇，他們穿梭過你的生命，你永遠在他們的共同輝映下。
原本你以為自己屬於其中之一，其實這一生，你都在緩緩經歷著所有星辰的痕跡，有深有淺，卻不偏不倚。
只是他們出現在你生命的不同階段而已。

誰說女人不懂邏輯

去年這時候，有個男性朋友被送進了精神病院，大家引以為鑒。男人進來，女人勿點。

這個朋友，被老婆的閨密們氣得手抖，認為她們是傻逼。閨密團也認為他是個傻逼，決定開個審判會，正好他也想當面論一論，所以就定下日期，大家坐而論道。

閨密A說：「明天情人節，你準備了什麼禮物？」

朋友躊躇滿志，掏出筆記本，上面記錄了次日早上九點一直到晚上的安排。

閨密B隨便翻翻，冷笑說：「都是些老掉牙的玩意兒。」

閨密C悠悠地說：「你聽過一個寓言沒有？明明我喜歡的是蘋果，結果你偏偏給了我一車香蕉，我還非得淚流滿面感恩戴德，這就是你們男人的邏輯，可我犯了什麼錯，我只是想要一個蘋果而已。」

朋友怒道：「我怎麼知道你到底要什麼？」

閨密們放聲大笑，說：「你連這個都不知道，還好意思腆著狗臉說愛我？」

朋友的氣勢弱了三分，說：「那女人就沒有錯的地方嗎？」

閨密們齊齊喝了口咖啡，說：「你說說看。」

朋友起勁兒了，說：「正在開會，結果老婆電話一個接一個，講了在開會啊，還打還打，你就不能體諒我嗎？」

閨密們勃然大怒，說：「你是對奪命連環CALL有意見？你以為我們想？這都是因為愛你啊！要是心裡沒有你，誰他媽的給你不停地打電話？」

朋友脖子一縮，咆哮了：「我要的是安靜！安靜就是我的蘋果，電話就是我的香蕉，給我一車香蕉，我還非得淚流滿面感恩戴德？我只不過想要一個蘋果而已！」

閨密A拍桌子：「造反了！你這麼懂邏輯去做律師啊?!」

閨密B拍桌子：「太冷血！詭辯狗！」

閨密C拍桌子：「愛是不能交換，不能類比，你這麼說就是把愛情當作交易了！」

朋友一滯：「你們先說的蘋果香蕉……」

閨密們集體掀桌：「去你媽的蘋果香蕉，喜歡吃我們幫你買一車皮，麻煩你對女朋友好一點可以嗎？」

朋友額頭爆青筋。

服務生過來擺好桌子。

閨密們冷笑：「還有怨氣？通通說出來，讓我們看看你有多low。」

朋友豁出去了，說：「一次我換燈泡，結果失敗了，被罵了一個多星期。至於嗎？倒車沒入庫，連倒了七、八把，整晚沒理我，至於嘛……」
閨密A大笑：「換燈泡、倒車什麼的都不會的男人，還要來幹嘛？」
閨密B冷笑：「芝麻大的事情你有臉說？」
朋友額頭爆青筋，喘氣：「對啊，芝麻大的事情，說了我一個多星期……」
閨密C語重心長地說：「男人，多做，少說。」
朋友楞了一會兒，說：「前幾天她心情不好，我上躥下跳，買這買那，端茶送水，也不給我好臉色……」
閨密們相視而笑：「我們女人多簡單，其實也不用你做什麼，只要說一句『我愛你』。」
朋友顫抖著問：「剛剛你們還告訴我，多做，少說。」
閨密們恨鐵不成鋼，大叫：「該做的時候做，該說的時候說！」
朋友帶著哭腔問：「那什麼時候該做，什麼時候該說？」
閨密們掀桌：「這都不知道，還好意思腆著狗臉說愛我?!」
服務生過來擺好桌子。
閨密A：「有時候做點兒事情，代替說『我愛你』。」
閨密B：「有時候不用做事情，直接說『我愛你』。」
閨密C：「搞錯了，就是你的不對。」
朋友抱頭痛哭、崩潰，乾嚎：「那對和錯到底總有個標準吧?!」

閨密A：「女人發發牢騷，其實不用你來裝專業分析，只是要你的安慰。」
閨密B：「女人是情緒的，感性的，別用邏輯來框死我們。」
閨密C總結：「一句話，女人不在乎對錯，在乎你的態度。」
朋友迷惘地問：「那我的態度有什麼問題？」
閨密A：「你的態度不對。」
閨密B：「你的態度是錯的。」
閨密C：「說過我們不在乎對錯，只在乎你的態度！」
朋友掀桌：「那態度對和錯總有個標準吧?!」
閨密們掀桌：「這都不知道，還好意思覥著狗臉說愛我?!」
服務生過來擺好桌子。

朋友低頭：「我錯了。」
閨密們扭頭：「錯在哪裡？」
朋友低頭：「邏輯錯了。」
閨密們大怒：「放屁！」
朋友嚇尿了：「是態度錯了，是態度錯了。」
閨密們放緩口氣：「態度錯在哪裡？」
一股陰森森的寒意從朋友心底湧上，他開始克制不住地顫慄，說：「錯在……錯在不該要蘋果啊……不對……錯在做做說說啊……不對……錯在態度的邏輯啊……不對……錯在……錯在……」

朋友掀桌，眼淚四飆，手舞足蹈地哭喊著：「我他媽連這都不知道，怎麼好意思腆著狗臉說愛你啊……」

服務生把朋友送去了精神病院。

服務生擺好桌子。

閨密A搖頭：「這麼簡單的問題，認錯，就是對的態度。」

閨密B惋惜：「對的認錯，不是知道自己錯在哪裡，而是知道怎麼認錯。」

閨密C微笑：「認錯的態度，就是對的邏輯。」

閨密們舉杯：「誰說我們女人不懂邏輯。」

暴走蘿莉的傳說

我發現，有懼高症的大多是男人。我身邊沒幾個男人敢坐雲霄飛車，包括徒步穿越無人險境的戶外運動愛好者。反而是女人，在彈跳球、海盜船、風火輪上面大呼小叫，激動得臉蛋通紅。何木子就這樣。她身高一五五、大波浪捲，蘿莉面孔，其實是外商主管。她膽大包天，摯愛這些高空項目，每天碎碎念要去跳傘。

我親眼見識她的能量，是和一群朋友在模里西斯一個度假村喝酒時。坐在酒店大廳，喝至後半夜，把啤酒喝完了。何木子說：「你們大老爺們繼續聊，酒的事情交給我。」

我陪著她去買酒，走了近兩百公尺到度假村超市。她買了兩箱，我說你先走，我來搬兩趟。她說不用，然後蹲下來，嬌滴滴地喊：「我嗆！」然後把整箱酒扛到肩膀，搖搖晃晃地搬到酒店。

朋友毛毛送她去房間，回來後說，何木子往床上一躺，一手揉肩膀，一手揉腰，「哎喲哎喲」叫喚了十分鐘，越叫聲音越小，睡著了。

在沙灘，我看到了更震驚的一幕。何木子穿著長裙，舉著一個巨大的火把，比她個子還高，脆生生地狂笑：「哇哈哈哈哈！」瘋狗般躥過去，後面大呼小叫跟著七、八個黑人。我大驚失色，問旁邊的阿梅。阿梅說：「何木子一時興起，搶了黑人的篝火……」

何木子就是傳說中的「暴走蘿莉」。

阿梅囁嚅地說：「我在生篝火，半天生不起來，被旁邊黑人嘲笑了。我聽不懂英文，反正他們指著我又笑又鼓掌。何木子暴怒，就去搶了黑人的篝火……」

我呆呆地看著阿梅，嘆氣道：「阿梅呀，你跟何木子究竟誰是男人啊！」

這兩人屬青梅竹馬，在南京老城區長大，兩家相隔狹窄的石板街道面對面。因為阿梅出名膽小，就得了這個娘娘腔的外號，之所以沒被其他男生欺負，就是因為一直處於何木子的保護下。

何木子有段不成功的婚姻。她跟前夫古秦是在打高爾夫時認識的，相戀三年結婚。七月結婚，十一月古秦出軌，跟舊情人滾床單。被一個哥們兒在酒店撞到，古秦不認識他，結果哥們兒匆匆打電話給何木子，何木子當時在北京出差，小聲說「我知道了」。

哥們兒嘴巴大，告訴了我。我查了查，查到古秦的舊情人其實也是已婚婦女。阿梅擔心何木子，我就陪他趕到北京，恰好碰到何木子呆呆站在雪地裡。她出差時間過一個星期了，可是不想回去。阿梅緊張得雙手發抖，我嘆口氣，正要告訴她這些，何木子的手機響了。

她朝我笑笑，打開擴音。是古秦的母親。

老太太很溫和，說：「何木子，我對不起你。」

何木子說：「不，沒人對不起我。」

老太太說：「怎麼辦？」

何木子說：「交給他們選擇吧。」

老太太說：「怎麼可以，會拆散兩個家庭。」

何木子說：「是啊，但我們有什麼辦法呢？」

老太太說：「他為什麼會做出這樣的事情？」

何木子臉色慘白，帽子沾滿雪花，說：「是我沒有照顧好他。如果他和那個女人在一起了，阿姨你不要看不起那個女人，因為從這一天開始，她是你兒子的妻子。」

我注意到她已經不喊「媽媽」，改了「阿姨」的稱呼。

老太太沉默很久，說：「木子，你是一個了不起的女人。」

了不起？

暴走蘿莉沒有暴走，她掛上電話，對我們微笑。小臉冷得發青，那個笑容像冰裡凍著的一條悲哀的魚，而紅色的帽子鮮艷醒目，在紛紛揚揚的雪花中無比驕傲。

她扯下帽子，丟給阿梅：「冷，給你戴。」

阿梅戴上女款針織帽，樣子滑稽。

離婚時，何木子一樣東西也沒要，房子，車子，全部還給了古秦。

很平靜如常地過了小半年，大家小心翼翼誰也不去碰觸，她與朋友照常談笑風生，只是眼神底下有著不易覺察的悲傷。

一次在阿梅家喝酒。何木子看著天花板，突然說：「兩個人至少有一個可以幸福。」

阿梅悶聲不吭，但我覺察他全身發抖。

我用胳膊肘頂頂阿梅，阿梅支支吾吾地說：「木子，小時候你經常保護我，可我保護不了你。」

何木子斜著眼看他，接著暴走了。

她大叫：「我的確對他不好啊，沒有耐心，他想要個溫柔的老婆，可是我脾氣差，別問我脾氣怎麼差了，我告訴你，就是這麼差！」

她喊叫著，滿屋子砸東西。

小小的個子，眼花繚亂地沿著牆瞎竄，摸到什麼砸什麼，水壺、相框、花盆、鍋碗瓢盆……她氣喘吁吁地推書架，書架搖搖欲墜，我要去阻止她，被阿梅拉住，他搖搖頭。

然後書架倒了，滿地的書。

何木子淚流滿面，說：「我不知道，我就是難過，你救救我好不好？」

她蹲下來，抱著腦袋，哭著說：「你救救我好不好？」

這次暴走，幾乎把阿梅家變成了一地碎片。

過了一個月，大家打算聚會，酒吧訂好桌子。阿梅先去，我們到後，卻發現坐了人，阿梅呆呆站在旁邊。原來位置被占，阿梅不敢跟他們要回來。

何木子一字一句地跟阿梅說：「你不能老這樣，跟我學一句話。」她頓了頓，大聲說，「還能玩兒啊！」

阿梅小聲跟著說：「還能玩兒啊……」

何木子一把推開他，走到那幾個男人前，娃娃音聲震全場：「還能玩兒啊！」

我們一起吼：「還能玩兒啊！」

警衛過來請走了他們。

又過一個月，何木子請了年假。她的朋友卡爾在模里西斯做地陪，於是她帶著我們一群無業遊民去模里西斯玩。

玩了幾天，深夜酒過三巡，何木子的手機震動。她讀完短信，突然抿緊嘴巴，抓著手機的手不停顫抖。我好奇接過來，是古秦發來的，大概意思是：你和我母親通過話？你怎麼可以沒有經過我允許，跟我母親說三道四呢？你還要不要臉？你懂自重嗎？

我心中暗叫：「我靠，這下要暴走了。」

果然，何木子拍案而起：「他媽的，這樣，我們明天去跳傘。誰要是不跳，我跟他沒完！」

大家面面相覷，望著暴走邊緣的何木子，不敢吭聲。所有人頭搖得像撥浪鼓，齊聲說：「去你的，跳跳跳跳個頭啊……」

第二天，在卡爾帶領下，直奔南模里西斯跳傘中心。大家坐在車上，一個個保持著活見鬼的模樣，誰都不想說話。抵達後換衣服，簽生死狀，接著坐在屋子裡看流程錄影，管春第一個出聲：「真的要跳嗎？」

何木子冷冷看著他，於是全場噤若寒蟬。

何木子在大家閃著淚光的眼神中，指揮卡爾拒絕了教練捆綁串聯跳。做了會兒培訓，眾人表情嚴肅，其實腦海一片空白，嗡嗡直響，幾乎什麼都聽不進去。我嘶吼著：「三十五秒後開傘！我去你們的大爺，啥都能忘記，別忘記三十五秒後開傘！晚開就沒命了！」

管春哆嗦著說：「真的會沒命嗎？」

登機了。爬升到三千多公尺高空。我們一共六個人，配備了兩個教練。教練一遍又一遍替我們檢查裝備，卡爾喊話：「準備啦，現在平飛中，心裡默背要領，教練會跟你們一起跳。來，超越自我吧！」

何木子不屑地掃了眼大家，弓著身子站到機艙口，站了整整十秒，回過頭，小臉煞白，說：「太高了，我們回去大老二吧！」

一群人玩命點頭。

教練比畫著，卡爾說：「不能輸給懦弱，錢都交了，不跳白不跳，其實非常安全……」

教練來扶何木子胳膊，何木子哇地哭了，喊：「別他媽碰我，你他媽哪個空軍部隊的！我同學的爸爸是軍區副司令，你別碰我，我槍斃你啊！別碰我我要回家！我靠，奶奶救命啊，模里西斯渾蛋要弄死我……古秦你個狗娘養的把我逼到這個田地的呀……我錯了我不該跳傘的……我要回家吃夫妻肺片嗚嗚嗚嗚……」

這時我聽到角落裡傳來嘀咕聲：「還能玩兒啊還能玩兒啊還能玩兒啊……」

我沒來得及扭頭，阿梅彎腰幾步跨到機艙口，撕心裂肺地喊：「還能玩兒啊！」

他頓了下，從胸口扯出一頂紅色的女款針織帽，緊緊抱在懷裡，用盡所有的力氣喊：「何木子，我愛你！」

然後阿梅縱身跳了出去。他緊緊抱著紅色女款針織帽跳了出去。彷彿抱著一朵下雪天裡凍得發青的微笑，所以要拚盡全力把它捂暖。

我們聽到「何木子我愛你」的聲音瞬間變小，被雲海吞沒。

何木子一愣，大叫：「還能玩兒啊！有種你等我一下！」

她縱身跳了出去。

管春一楞，大叫：「還能玩兒啊！看來阿梅也要找個再婚的了！」

他縱身跳了出去。

毛毛一愣，大叫：「還能玩兒啊！春狗等老娘來收拾你！」

她縱身跳了出去。

我跟韓牛一楞，他大叫：「還能玩兒啊！你說咱倆這是為啥啊！」

然後他抱著我縱身跳了出去。

我能隱約聽見卡爾在喊：「你們姿勢不標準……」

我們自雲端墜落，迎面的風吹得喘不過氣，身體失重，海岸線和天空在視野裡翻滾，雲氣嗖嗖從身邊擦肩而過。整整半分鐘的自由落體時間，我們並沒有能手抓到手，並沒有跟想像中一樣可以在空中圍個圓。我感覺自己連哭都顧不上，心跳震動耳膜，只能瘋狂地喊：「媽媽媽媽媽媽媽媽媽媽媽媽……」

開傘後，我看到藍色綠色的地面，下方五朵盛開的彩虹。

我們被這個世界包裹，眼裡是最美麗的風景，高高在上，晃晃悠悠飄向著落地點。

出發去模里西斯的前幾天，我去阿梅家。他打開門，我嚇了一跳。

他家裡依舊保持著兩個月前，何木子砸成滿地碎片的局面。我說：「靠，都兩個月了，你居然沒收拾？」

他小心地繞開破碗、碎報紙、凌亂的書本、變形的書櫥，說：「我會收拾的。」

那天喝高了。

他說：「這些是被木子打爛的。我每天靜靜看著它們，似乎就能聽見木子哭泣的聲音。我可以感覺她最大的悲傷，所以當我坐在沙發上，面對的其實是她碎了一地的心吧。我很痛苦，但我不敢收拾，因為看著它們，我就能體會到她的痛苦。」

他說：「她的心碎了，我沒有辦法。天氣不好的時候，我只能把自己心上的裂縫拚命補起來，因為她住在裡面，會淋到雨。很多時候，不知道自己要怎樣努力，怎樣加油，怎樣奮不顧身，才配得上她。」

他哭了，低下頭，眼淚一顆一顆地滴在地板上：「木子說，她很難過，我救救她好不好。張嘉佳，你說我可以做到嗎？」

我點點頭。

那天我明白了一件事情。最大的勇氣，就是守護滿地的破碎。然後它們會重新在半空綻開，如彩虹般絢爛，攜帶著最美麗的風景，高高在上，晃晃悠悠地飄向落腳地。

不管他們如何對待我們，以我們自己全部都將幸福的名義。

我叫劉大黑

我們常說，要哭，老子也得滾回家再哭。

因為你看：淚的繁體字，以前人們這麼寫，因為淚，就是一條在家裡躲雨的落水狗。

酒吧剛開的時候，朋友們當作聚會地方。後來慢慢知道的人多了，陌生人也逐漸走進來。

有一天下午，我翻出電磁爐，架起小鍋，喜孜孜地獨自在酒吧涮東西吃。五點多，有個女孩遲疑地邁進來，我給她一杯水，繼續吃。

女孩說：「我能吃嗎？」

我警惕地保護住火鍋：「不能，這是我自己吃的。」

女孩說：「那你賣一點給我。」

我說：「你一個人來的？」

女孩說：「是的。」

我說：「這盤羊肉給你。」

女孩說：「但我有男朋友。」

我說：「把羊肉還給我。」
女孩說：「已經不是男朋友了。」
我說：「這盤蘑菇給你。」
女孩說：「現在是我老公。」
我說：「媽的，蘑菇還給我！」
出於原則，火鍋太好吃，我無法分享，替她想辦法弄了盤意麵。她默默吃完，說：「你好，聽說這個酒吧你是為自己的小狗開的？」
我點點頭，說：「是的。」
女孩說：「那梅茜呢？」
我說：「洗澡去啦！」
女孩說：「我也有條狗，叫劉大黑。」
我一驚——狗也可以有姓？聽起來梅茜可以改名叫張春花。
女孩眼睛裡閃起光彩，興奮地說——

是啊，我姓劉嘛，所以給狗狗起名叫劉大黑，牠以前是流浪狗。我在城南老舊社區租房子，離公司比較近，下班可以走回家。一天加班到深夜，社區門口站了條黑乎乎的流浪狗，嚇死我了。

我跟牠僵持了一會兒，牠低著頭趴在冬青樹旁邊。我小心翼翼地走過去，不敢跑快，怕驚動他。牠偷偷摸摸地跟在後頭，我猛地想起來包裡有火腿，剝開來丟給牠。牠兩口吃完，尾巴搖得跟陀螺一樣。我想，當狗朝你搖尾巴的時候，應該不會咬人吧，就放心回家。

牠一路跟著，直把我送到樓下。我轉身，牠停步，搖幾下尾巴。我心想，看來牠送我到這裡了，就把剩下的火腿也丟給牠。

我做房地產銷售，忙推廣計畫，加班到很晚。從此每天流浪狗都在社區門口等我，一起走在黑漆漆的小路上，送我到樓下。我平時買些吃的，當牠陪我走完這段夜路，作為報酬，就丟給牠吃。

我嘗試打開樓梯門，喊牠到家裡做客，牠都是高傲地坐著不動。我進家門，探出窗戶朝牠揮揮手，牠才離開。

有天我發現大黑不在社區門口，我四顧看看，不見牠的影子。於是我嘗試著喊：「大黑！大黑！」

這是我臨時亂起的名字，因為我總不能喊：「喂，笨蛋小狗，在哪兒呢？」

結果草叢裡窸窸窣窣，大黑居然低著頭，艱難地走出來，一瘸一拐。到離我幾步路的地方，默默坐著，側過頭去不看我，還挺高傲的。

我心想，結伴十幾次了，應該能對我親近一點了吧？壯膽上前蹲下，摸摸牠的頭。

大黑全身一緊，但沒有逃開，只是依舊側著頭不看我，任憑我摸牠的腦門。

我突然眼眶一熱，淚水掉下來，因為大黑腿上全是血，估計被人打斷了，或者被車軋到。
牠瞟我一眼，看見我在哭，於是舔了舔自己的傷腿，奮力站起來，顫顫巍巍地走著。
牠居然為我帶路，牠在堅持送我回家。
到樓下，我把包裡的吃的全抖在地上，衝回家翻箱倒櫃地找繃帶、消毒水。等我出去，大黑不見了。我喊：「大黑，大黑！」
然後大黑不知道從哪兒跑過來。這是我第一次看見牠跑，跑得飛快，一瘸一拐的樣子很滑稽。
我想是因為自己喊牠的時候帶著哭腔吧，牠不知道我出了什麼急事。
我打開樓梯間，牠還是不肯跟我回去，坐在路邊，眼睛很亮。
我抱著牠，擦掉血跡，用繃帶仔細纏好。我說：「大黑呀，以後你躲起來，姊姊下班帶吃的給你，好不好？」
大黑側著頭，偷偷瞟我。
我說：「不服氣啊，你就叫大黑。大黑！」
牠搖搖尾巴。
又過了一個多月，我男朋友買房子了，讓我搬過去住。我問能不能帶大黑？男朋友譏笑我，養條土狗幹嘛？我就沒堅持。
搬家那天，我給社區警衛兩千塊。我說：「師傅替我照顧大黑吧，用完了你就打電話給我，我給你匯錢。」

警衛笑著說：「好。」

和男朋友坐上搬家公司的卡車，我發現大黑依舊高傲地坐在社區門口，但是很認真地看著我。

我的新家在郊區。之前和男朋友商量，買個小一點的公寓，一是經濟壓力少一點，二是大家上班方便。再說了，如果買郊區那件四十坪的，我們兩人薪水加起來，去掉房貸每月只剩一萬不到。我其實不介意租房子住，何必貸款買房把我們的生活搞得很窘迫。

我男朋友不肯，說一次到位。我沒堅持，覺得他也沒錯，奔著結婚去。

搬到郊區，我上班要公車轉地鐵再轉公車，花掉一個半小時。不過我還是覺得很幸福，直到他說，要把他母親從安徽老家接過來。我這才知道，他為什麼留了個房間一直空著。

不過孝順永遠無法責怪，他父母很久前離婚，媽媽拉拔他長大。我說好啊，我同意。

他媽媽來我家之後，雖然有些小爭執，但每家每戶都避不開這些。他媽媽是退休教師，很節儉，我們中飯不在家吃，她自己經常只買豆芽菜湊合，可給我們準備的早飯晚飯永遠都很豐盛。

幾個月後，我加班至後半夜才到家。家裡燈火通明，男朋友和他媽媽坐在沙發上，我覺得氣氛奇怪。男朋友不吭聲，他媽媽笑著說：「欣欣，你是不是和一個叫藍公子的人走得很近？」

我腦子「嗡」一聲，這是盤查來了。我說：「對，怎麼啦？」

他媽媽瞟了我男朋友一眼，繼續笑著說：「欣欣，我先給你道歉，今天不小心用你電腦，發現你QQ沒關，我就好奇，想瞭解你的生活，翻了翻聊天紀錄。發現了一些不好的事情，就是你和那個藍公子，有很多不該說的話。」

我全身血液在往腦門衝。

藍公子，是我的閨密，是女人。她其實跟我男朋友還認識，屬那種人前冷漠、人後瘋鬧的脾氣，QQ資料填「男」，ID藍公子，喜歡跟我「老公、老婆」地亂叫。

——這他媽的關你什麼事。

男朋友一掐菸頭，說：「劉欣欣，你把事情說清楚。」

我站在走廊，眼淚湧出來。因為，書房裡東西被翻得亂七八糟，我所有的資料被丟得滿地。臥室裡衣櫃抽屜全部被拉開，我的衣服扔在床上，甚至還有內衣。

我抹抹眼淚，說：「找到什麼線索？沒找到的話，我想睡覺了，我很累。」

男朋友喊：「說不清楚睡什麼？你是不是想著分手？」

我咬住嘴唇，提醒自己要堅強，不可以哭，一字一句：「我沒說要分手。」

男朋友冷笑：「藍公子，呸！劉欣欣我告訴你，房產證明你的名字還沒加上去，分手了你也撈不著好處！」

我忍不住喊：「頭期是我們兩家拼的，貸款是我們一起還的，你憑什麼？」

男朋友說：「就憑你出軌。」

出軌。這兩個字劈得我頭昏眼花。我立馬隨便收拾箱子，衝出門。他媽媽在後面拉我，說：

「欣欣，到底怎麼回事，外面那麼晚別亂跑呀！」

我說：「阿姨，您以後要是有兒媳了，別翻人家電腦行嗎，那叫隱私。」

男朋友在裡頭砸杯子，吼著：「讓她滾！」

我在郊區馬路上走了很久，拖著箱子一路走一路哭。閨密開車來接我，聊了通宵。

她說：「誤會嘛，解釋不就完了。」

我說：「他不信任我。」

閨密說：「你換個角度思考一下，從表象上來看，的確有被戴綠帽子的嫌疑。」

我說：「再回去豈非很丟臉？」

閨密說：「不急，我這裡住兩天。他們家也有不對的地方，翻聊天紀錄就是個壞習慣。你別看他們現在咄咄逼人的，你兩天不出現，徹底消失，他肯定著急。」

我將信將疑，關機睡覺。

混混沌沌地睡了幾個小時，打開手機，結果一條未接來電也沒有。我覺得天旋地轉，心裡又難受又生氣。

第二天，男朋友有點急了，電話一個接一個。問我在哪裡，我不肯告訴他。

第三天，他媽媽親自打電話給我道歉，說翻電腦確實是她的不對，希望能原諒老人家。但是年輕人之間既然都談婚論嫁了，還是坐一起多溝通比較好。

可我依舊覺得委屈。腦海裡不停地浮現出一個場景：半夜自己孤獨地走在馬路上，一邊哭泣一邊拖著箱子。

我害怕將來還會重演。

第四天，男朋友打電話，兩人沉默，在聽筒兩頭都不說話，就這樣擱在耳邊半個多小時，他說：「那冷靜一段時間吧。」我說：「好。」

半個月後，我本來想上班，結果迷迷糊糊地走到以前租的社區。警衛看見我打招呼：「劉小姐，好久不見了啊！」

我突然想起來，急切地問他：「大黑呢？」

警衛笑嘻嘻地說：「好得很，牠現在是社區接送員。只要老人小孩回社區，牠就負責從社區門口送到家。大家也樂得給樂一點吃的，都挺喜歡牠，你看一條狗現在都能勤勞致富了。我剛看到好像吳大媽買菜回來，估計大黑又去送她了。」

聽到大黑變成社區明星，所有人都愛牠，我心裡有一點兒失落。跟警衛也沒什麼好聊的，就走了。

沒走幾步，聽見警衛喊：「大黑！」

我轉身看到，大黑「啪嗒啪嗒」地從拐角跑出來，突然一怔，張大嘴呆呆地看著我，眼睛裡露出驚喜，我相信牠是笑著的呀！因為這是牠笑著的表情呀！

我蹲下來，招手：「大黑！」

大黑低頭「吭哧吭哧」地走近我，第一次用頭蹭我的手。

我說：「大黑，你還好嗎？」

大黑用頭蹭蹭我。

我站起來說：「大黑，姊姊下次再來看你！」

警衛說：「大黑，回來，姊姊要走了！」

大黑搖搖尾巴，我走一步，牠就跟著走一步，然後走出了社區。我不敢走了，停下來喊：「大黑，回去！」

牠不肯，貼上來用頭蹭我。

我的眼淚差一點掉下來，說：「大黑，現在姊姊也沒有家了，你回去好不好？」

警衛快步趕上來，拽著大黑往回走，說：「大黑從來沒走出過社區，這次牠是怎麼了？」

我不知道該往哪裡去，昏頭昏腦地走到廣場，坐在長椅上發呆。手機響了，一個陌生號碼。接通，是警衛：「小姐，我把大黑關在警衛室裡，牠不停地狂叫，瘋狂扒門。我拗不過，就打開門，牠立刻跟一支箭一樣，竄了出去，轉眼就看不見了。我猜牠想找你，狗一輩子就認一個主人，要是方便，小姐，你就帶著牠吧。」

我放下電話，站起來四下張望，喊：「大黑！大黑！」

然後廣場一個角落，鑽出來一條黑狗，很矜持地走到我身邊，熟門熟路地趴下來，把頭搭在我的腳面上。

我摸摸牠的頭，眼淚掉在他腦門兒上。

電話又響，是簡訊，房產證明照片，上面有我的名字。

男朋友打電話，說：「欣欣，我們不要折磨對方了。其實第二天我就去申請加名字了，剛辦下來。你看我置之死地而後生，你要是還跟我分手，我人財兩空。媽媽想搬回安徽，我覺得很對不起她。」

我哭著說：「你活該。」

他也哭了：「欣欣，你別再理藍公子了。」

我說：「我現在就住藍公子家裡。」

他說：「欣欣你別這樣，你能回來嗎？」

我說：「去你的，藍公子是小眉，女的好嗎？」

他說：「那，欣欣，我們結婚好不好？」

我拚命點頭，說：「好。你讓阿姨別走了。」

他說：「嗯。」

然後我又看看大黑，說：「必須把大黑接回家。」

男朋友說：「你在哪兒，我來接你們。」

我告訴他地點，放下電話，覺得天都比以前晴朗，指著大黑說：「喂，從此以後，你就叫劉大黑！」

劉大黑叫：「汪。」

劉欣欣一直自顧自地把故事講完，我送她一瓶櫻桃啤酒，問：「後來呢？」

劉欣欣說：「我下個月去安徽辦婚禮。」

我問：「大黑當花童嗎？」

劉欣欣說：「大黑死了。」

我一楞，說：「啊？」

劉欣欣說：「大黑到我家一個星期，不吃不喝了。婆婆比我還著急，請幾個獸醫來看。獸醫告訴我們，大黑年紀老了，九歲了，內臟不好，沒什麼病，就是要死了，不用浪費錢買藥。但婆婆還是花了五萬多，說必須讓大黑舒服一點。」

劉欣欣擦擦眼淚，說：「我下班回家，婆婆哭著告訴我，大黑不吃不喝，一點兒力氣都沒有，我一上班去，牠還會努力爬起來，爬到大門口，呆呆地看著門外，一定是在等我回家。」

劉欣欣眼淚止不住，說：「婆婆每天買菜，做紅燒肉，做排骨湯，可是都等我回家了，大黑才會吃一點點。我要摸著他的頭，喊，劉大黑，加油！劉大黑，加油！牠才吃一點點，很少的一點點。」

「你知道嗎？後來我請了幾天假，陪著大黑。牠就死在我旁邊的，把頭擱在我手裡，舔了舔我的手心，然後眼睛看著我，好像在說，我要走啦，你別難過。」劉欣欣放下酒瓶，說：「我現在回想，大黑那天為什麼追我，為什麼在警衛室裡發瘋，為什麼跑那麼遠來找我，是不是牠知道自己快死了，所以一定要再陪陪我呢？」

我送她一張卡片，上面寫著：我希望和你在一起，如果不可以，那我就在你看不見的地方，永遠陪著你。

劉欣欣說：「謝謝你，我喜歡梅茜，你要替我告訴牠。」

我點點頭。

她前腳走，店長後腳衝進來，喊：「老闆你個渾帳，又送酒，本店越來越接近倒閉了！」

我說：「沒啊，人家給東西了，你看。」

欣欣送我一張照片，是她的全家福，男孩女孩抱著一條大黑狗，老太太笑得合不攏嘴。

照片背面有行清秀的字跡：一家人。

請帶一包葡萄乾給我

1

我喜歡吃葡萄乾。碧綠或深紫，通體細白碎紋，一咬又韌又糯，香甜穿梭唇齒間。最好吃的一包是小學四年級，由親戚帶來的。她是我外公的妹妹，我得稱呼她姑婆，長相已經記不清楚。但我記得這包葡萄乾的口感，個頭比之後吃過的都大一些，如果狠狠心奢侈點兒，三四顆丟進嘴裡，幸福指數直接和一大勺冰西瓜並駕齊驅。

姑婆年輕時嫁到烏魯木齊，自我記事起便沒見過。直到她和丈夫拎著許多行李，黃昏出現在小鎮，我們全家所有人都在那個破爛的車站等待。小一輩的不知道正守候誰，長一輩的神色激動。一下車，臉上就帶著淚水，張著嘴，沒有哭泣的聲音，直接奔向外公。兩位老人緊緊擁抱，這時姑婆哭泣的聲音才傳出來。

我分到一包葡萄乾，長輩們歡聚客廳。小鎮入夜後路燈很矮，家家戶戶關上木門，青磚巷子幽暗曲折，溫暖的燈光從門縫流淌出來。我咀嚼著葡萄乾，坐父母旁邊，隨大人興奮的議論聲，昏昏睡去。醒來後，父親抱著我，我抱著葡萄乾，披星光回家。

姑婆住了幾天，大概一星期後離開。她握住外公的手，說：「下次見面不知道幾時。」

外公嘴唇哆嗦，雪白的鬍子顫抖，說：「有機會的，下次我們去烏魯木齊找你們。」

我跳起來喊：「我跟外公一起去找姑婆！」

大家轟然大笑，說：「好好好，我們一起去找姑婆！」

現在想想，這些笑聲，是因為大家覺得不太可能，才下意識發出來的吧。親人那麼遠，遠到幾乎超越了這座小鎮每個人的想像。在想像之外的事情，簡單純樸的小鎮人只能笑著說，我們一起去。

2

我長大的小鎮，在江蘇北邊靠海的地方。一條馬路橫穿小鎮，以小學和市集為中心，擴散出為數不多的街道，然後就銜接起一片片田野。

記得田野的深處有條運河，我不知道它從哪裡來，盪著波浪要去哪裡。狹窄的小舟，陳舊的漁船，還有不那麼大的貨輪，似乎漂泊在童話裡，甲板和船篷裡居住著我深深嚮往的水上人家。電線畫分天空，麻雀撲棱棱飛過，全世界藍得很清脆。

每天放學後，要路過老街走回家。老街匍匐著一條細窄的河，沿岸是些帶院子的住戶。河堤起頭打了口井，井邊拴住一個披頭散髮的瘋子，衣服破破爛爛，都看不出顏色，黑抹抹一團。

據高年級混江湖的同學說，瘋子幾年前把兒子推落井中，清醒後一天到晚看守著井，不肯走開。結果他就越來越瘋，鎮裡怕他鬧事傷人，索性將他拴在那邊。

我跟高年級混江湖的同學產生友誼，是因為那包全鎮最高級的葡萄乾。它的袋子上印著「烏魯木齊」四個字，彷彿如今的手提包印著「PRADA」，簡直好比零食界飛來之客。每天掏一把給高年級同學，他們就讓我追隨身後，在校園裡橫行霸道。

一天，自以為隱隱成為領袖的我，喪心病狂用火柴去點前排女生的馬尾辮，明明沒燒到，依然被班主任留校察看。回家沒有人一起走，獨自鬱鬱而行。

走到老街，精神病依舊半躺在井邊。我懶得理他，直接往前走。突然他坐起來，轉頭衝著我招招手。

我驀地汗毛倒豎。

他不停招手，然後指指井裡面。我忍不住一步步走過去，好奇地想看看。

快走近了，鄰居家和我一起長大的胖文衝來，手中舉著棉花糖，瘋狂地喊：「不要過去！」我沒過去，被胖文拽住了。他和我一同回家，氣喘吁吁地說，幸虧自己去福利社偷棉花糖，回家比較晚，才救我一條小命。

我說什麼情況。

他神祕兮兮地告訴我：「老人說，那口是鬼井。往裡看，會看到死掉的人。你一看到鬼，他就會脫離這口井，而你替代他，被井困住，直到下一個人來看你。」

我拍拍胸脯，心想，差一點死在留我校的班主任手中。

胖文盯著我，說：「還有葡萄乾嗎？」

太玄妙了。

3

我覺得童年一定是要屬農村的。稻田、河流、村莊的炊煙、金燦燦的油菜花。抓知了、摸田螺、偷鴨子，率領三百條土狗在馬路上衝鋒。瘋子、神棍、村長、叫賣的貨郎、趕集的大嬸、赤腳被拿著刀的老婆追一條街的大叔……

最美麗的是夏天，不比現在的烤箱模式的悶熱，全人類塞進錫箔紙高溫烹飪，大家死去活來，什麼樂趣都沒有。

那時候的夏天，白晝有運河的風，入夜有飛舞的螢火蟲。到黃昏，家裡把飯桌搬出來，在門口庭院一邊納涼一邊吃飯。

鄰居也統統在門外吃飯，可以胡亂走動，你夾我家一口紅燒肉，我夾你家一口馬鈴薯絲。吃過飯，大人擦乾淨桌子，小孩就赤膊爬上去。躺在八仙桌上冰涼冰涼的，仰望夜空，漫天星星感覺會墜落，銀光閃閃，看著看著就旋轉起來，包裹住自己。

我們離樹很近，我們離微風很近，我們離星空很近，我們離世界很近。

作業呢？作業外公幫我做。

後來被媽媽發現，禁止外公出手。我去跟外公談判，他苦惱地拍著蒲扇，說：「我不敢。」

我說：「那你要賠償我。」

外公說：「怎麼賠償？」

我說：「明天他們要抓我打針，你跟他們搏鬥，不要讓他們傷害我的肉體。」

外公說：「好。」

可惜第二天，五個大人把我按在板凳上，打一針不知道什麼防疫的玩意兒。我連哭帶罵，都頂不住十隻邪惡的大手。淚眼迷糊中，艱難地發現坐在門口的外公。他立刻扭轉頭，假裝沒看見。

打針結束了，我一個月沒理他。

外公憋不住，每天誘惑我。雞屎糖、蜜棗、糖疙瘩等等什麼都使盡。我每次都喊：「叛徒，叛徒，離開我的視線！」

不久七夕，外公照例來誘惑我。

我這次原諒了他，因為葡萄乾吃光了。

外公塞給我一把瓜子，說，講牛郎織女的故事給我聽。我不屑地說，俺聽過了。

外公說，帶你去偷聽牛郎織女聊天。

這個相當有趣啊！我赦免了他的罪，眼巴巴等天黑。天一黑，外公吭哧吭哧地搬著躺椅，領我到鄰居家的葡萄藤下，把我放在躺椅上，說：「聲音小一點，別驚動牛郎織女，十二點前能聽到他們談心事的。看到那顆星了嗎，牛郎哦，旁邊兩顆小一點兒的星星，是他兩個小孩，放在扁擔挑著的水桶裡。」

我說：「不是有烏鴉大雁蛤蟆什麼的，一起搭橋嗎？這幫渾球什麼時候搭？」

外公呆呆看著我，說：「孫子吶，人家是喜鵲。橋一搭好，牛郎織女就可以見面啦！」

結果我真的等到十二點。途中媽媽幾次來揪我，我都喊：「你身為人民教師，居然干涉兒童探索大自然，居心何在？」

媽媽呸我一口，繼續揪我，我拚命吐口水，擊退媽媽。

可是夜深了，也沒聽到。外公說：「可能牛郎織女被吵到了。」

我說：「那豈不是要等到明年？」

外公說：「沒關係，以後我幫你在下面偷聽，一有聲音就來喊你。」

我沮喪地點頭，突然問：「外公，姑婆還會帶葡萄乾來看我們嗎？」

外公一楞，手裡搖著的蒲扇停下來，雪白的鬍子上帶著星光，說：「不會啦。」

我說：「為什麼？為什麼？是葡萄乾太貴，姑婆買不起了嗎？我給她錢，讓她從烏魯木齊替我買！」

外公說：「因為太遠了。」

我心灰意冷，行屍走肉一般回去睡覺。

然而沒有等到第二年七夕，我就看見了姑婆。

4

外公去世是在那天凌晨，天沒有亮。我被媽媽的哭聲驚醒，不知道出了什麼事情。

後來葬禮，親戚好友排成長隊，迎送骨灰。沒人管小孩，我默默排在隊伍的尾巴，默默舔著酸梅粉，還有空和其他小孩笑嘻嘻地打招呼，覺得無聊。

姑婆排在隊伍的前方，有時候拐彎，我會看見她顫巍巍的身影，忍不住想追上去問問：「姑婆，我的葡萄乾呢？」

長隊路過葡萄藤架，我抬頭，發現外公沒有坐在那裡。

他沒有坐在下面幫我偷聽牛郎織女講話。

他死了，他不會再坐在葡萄藤下。

他不會再用蒲扇替我抓蜻蜓。他不會再用蹩腳的國語替我讀兒童讀物。他不會再站在三岔路口等我放學。他不會再跟我一起數螢火蟲。他不會一大早卸下家裡的木門，幫我買早飯。

我呆呆看著葡萄藤，眼淚突然衝出來，放聲大哭，哭得比打針更加撕心裂肺。

一周前的大清早，外公躺在床上，我跟著媽媽去看望他。他呼吸又低沉又帶著細微的哮喘，像破爛的風箱。

我坐床邊，說：「外公，我去上學啦！」

外公臉轉過來，沒有表情，連那麼深的皺紋都靜止不動。

我大聲喊：「外公，我去上學啦！」

外公的手靠著棉被，枯枝一般，毫無光澤，布滿老年斑，很慢很慢地舉起一點點，抓住我的手。

我傻傻看著外公的手，說：「外公，你怎麼啦？」

外公聲音很小，再小一點兒，就跟牛郎織女的情話一樣聽不見了。
他說：「好好上學，外公要走了。」
我說：「要不是我媽太兇，我才不要上學。」
他說：「外公要走了，看不到你上大學了。」
我大聲說：「上他媽的大學！」
我回過頭，看見站在身後的媽媽，她臉上全是眼淚。
我又把頭低下來，看見外公的手抓著我的手，不情願地說：「好吧，上大學就上大學。」
一周後的下午，我跟著長長的隊伍，落在最後面，放聲大哭。

5

第二天我照常上學，放學。路過河堤的井，瘋子已經不見了，誰也不知道他跑哪兒去了。高年級的同學說，他半夜掙脫，可能死在哪個角落了吧。
我慢慢走近那口井，心裡撲通撲通亂跳。我想看一眼井底，會不會看到外公，這樣他就能出來了。我心都要跳出喉嚨，艱難地磨蹭在井旁，哆嗦著往下低頭。
井口寒氣直冒。沒到黃昏，陽光不算耀眼，照得井底很清楚。
井水很乾淨。井水很明亮。我只看到了自己。我只看到了自己小小的腦袋，傻乎乎地倒映在水波裡。
——都是騙人的。

我趴在井口，眼淚一顆一顆掉到井底，也不知道能否打起一些漣漪。

幾天後，我們全家送姑婆，送到小鎮那個只有一座平房的車站。

姑婆這次是一個人來的，只帶著一個軍用行李袋，貼著紅五角星。她放下袋子，用手帕擦眼淚，跟外婆說：「妹妹，這次我們就真的可能再也見不上面了。」

外婆雙手握住她的一隻手，哭得說不出話。

姑婆說：「妹妹，你讓我抱一下。」

姑婆和外婆擁抱，兩個老人的身影瘦小而單薄，風吹動白髮，陳舊乾淨的衣服迷濛著陽光，和灰濛濛的車站一起留在我記憶裡。

姑婆打開行李袋，掏出一塊布，放進外婆手心，說：「妹妹，這是當年哥哥送給我的，玉鐲子，是哥哥給我的嫁妝，留在老家吧。人回不來了，大概會死在外邊了，把當年嫁妝留在老家，你替我放在哥哥床邊的櫃子裡。」

我站一邊，莫名其妙，嚎啕大哭，喊：「為什麼回不來？為什麼回不來？不是有喜鵲可以搭橋嗎？為什麼回不來？」

媽媽將我拽到一邊，舅舅騎著自行車過來，說：「車子來了，已經快到姜北村的路口。」

外婆緊緊握著姑婆當年的嫁妝，眼淚在皺紋之間。

姑婆替她擦眼淚，說：「妹妹，我走了，你保重。咱們這輩子做姊妹，要下輩子才能見面了。」

外婆哭成小孩，還戴著一朵小白花，她哽咽著說：「姊姊，你也保重，我一個人了，你再抱我一下。」

我想，外婆年紀那麼大，怎麼跟小孩子一樣的。

很久之後我才明白，從那一天起，我親愛的外婆，其實真的只剩下一個人。那個時代的親人，只剩下她孤單單一個人。

很久之後我才明白，原來人生中，真的有見一面，就再也看不到了。因為我再沒有看到過外公，沒有看到過姑婆。

考高中那年，聽說姑婆在烏魯木齊去世。

再也看不到他們了。也再沒有人帶一包葡萄乾給我。

6

外公去世二十多年，我很少有機會到那座小鎮，那裡的夏天，也和以前不同，河水污濁，滿街木門全部換成了防盜鐵門。

那是我的家鄉。

將我童年變成童話的家鄉，麥浪舞動和鴿子飛翔的家鄉。

有時候深夜夢到外公，可是他的臉已經有些模糊，我心裡就會很難過。

我喜歡葡萄藤下的自己，還有邊上用蒲扇給我搧風的外公。

外公，我很想你。

末等生

二〇一二年，我在曼谷郊區的巧克力鎮，招待高中同學王慧。這是家迷幻如童話的餐廳，白色房子靜謐在草地，夜火燈燭倒映在河流。

王慧留著大波浪，淡妝，笑意盈盈，經過的老外不停地回頭看她。

次日我要坐火車到春蓬，而她直飛香港，所以我們沒有時間聊太多。也不用聊太多，一杯接一杯，互相看著，樂呵呵地傻笑。

我說：「慧子，你不是末等生了，你是一等兵。」

＊＊＊

一九九七年，王慧坐我前排，格子襯衫、齊耳短髮。

有天她告訴我，她暗戀一個男生。我問是誰，她說你猜。

文科班一共十八個男生，我連猜十七次都不對。只能是我了！這下我心跳劇烈，雖然她一副村姑模樣，可是青春中的表白總叫人心旌搖盪。

這時候她扭捏半天，說，是隔壁班的袁鑫。
沒人這樣玩的好嗎？隔壁班我去你的！

香港回歸的橫幅掛在校園大門。七月一日舉辦「祖國我回來了」演講大賽，我跟王慧都參加。四十多名選手濟濟一堂，在階梯教室做戰前動員，學生會長袁鑫進來對我們訓話。

他走過王慧身邊，皺著眉頭說：「慧子，要參加演講比賽，你注意點形象。」

慧子一呆，難過地說：「我已經很注意了啊！」

她只有那麼幾件格子襯衫，注意的極限就是洗得很乾淨。

後來我知道她洗衣服更勤快了，每件都洗到發白。

袁鑫和一個馬尾辮女生聊得十分開心，從中國近代史聊起，一直聊到改革開放。最後袁鑫對馬尾辮說，加油，你一定拿冠軍。

慧子咬著筆桿，恨恨地對我說：「你要是贏了她，我替你按摩。」

我大為振奮，要求她簽字畫押，貼在班級黑板報上。當天通讀中國近代史，一直研究到改革開放，次日精神抖擻奔赴會場，大敗馬尾辮。

晚自習解散的時候，在全班「勝之不武」的嘆息聲中，我得意地趴在講台上，等待按摩。

王慧抿緊嘴唇，開始幫我捏肩膀。

我暴斥：「沒吃飯？手重一點！」

王慧怒答：「夠了嗎？會不會捏死你？」

我狂笑：「哈哈哈哈毫無知覺啊，難道已經開始了？用力啊少女！」

其實，當時她的手一捏，我如被雷劈，差一點跳起來，腦子裡不停在喊：……痛痛痛……這是被碾壓的感覺……痛啊我靠，咔吧一聲是怎麼回事……我的肩胛骨斷了嗎……痛死我了啊媽的……小時候做過農活的女人傷不起……啊第三節脊椎怎麼插進我的肝臟了……

我快挺不住的剎那，慧子小聲問我：「張嘉佳，你說我留馬尾辮，袁鑫會覺得我好看嗎？」

我不知道，難道一個人好不好看，不是由自己決定的嗎？

一九九八年，慧子的短髮變成了馬尾辮。

慧子唯一讓我欽佩的地方，是她的毅力。

她的成績不好，每天試題做得額頭冒煙，依舊不見起色。可她是我見過最有堅持精神的女生，能從早到晚猛做考題。哪怕一道都沒做對，但空白部分填得密密麻麻，用五百個公式推出一個錯誤的答案，令我嘆為觀止。

慧子離本科低標差幾十分。她打電話哭著說，自己要重考，家裡不支持。因為承擔不起重考的費用，所以她只能去連雲港的專科。

我呢？當時世界盃，考大學期間我在客廳看球賽，大喊：「進啦進啦！」我媽在飯廳打麻將，大喊：「胡啦胡啦！」

荷蘭隊踢飛點球，他們低下頭的背影無比落寞。我淚如雨下，衝進飯廳掀翻麻將桌，攪黃老媽的清一色。

後來？後來那什麼第二年我又考一次。

一九九九年五月，大使館被美國佬炸了。重考的我，曠課奔到南京大學，和正在讀大一的老同學遊行。慧子也從連雲港跑來，沒有參加隊伍，只是酒局途中出現了一下。

在食堂推杯換盞，她小心地問：「袁鑫呢？」

我一愣：「對哦，袁鑫也在南大。」

「他怎麼沒來？」

「可能他沒參加遊行吧。」

慧子失望地「哦」了一聲。我說那你去找他呀，慧子搖搖頭：「算了。」

我去老同學宿舍借住。至於慧子，據說她是在長途車站坐了一宿，等凌晨早班客車回連雲港。

對她來說，或許這只是一個來南京的藉口。花掉並不算多的生活費，然而見不到一面，安靜地等待天亮。

慧子家境不好，成績不好，身材不好，邏輯不好，她就是個挑不出優秀品質的女孩。

我一直想，如果這世界是所學校的話，慧子應該被勸退很多次了。生活、愛情、學習，她都是末等生。唯一擁有的，就是在別人看不見的地方咬著牙齒，堅持再堅持，堆砌著自己並不理解的公式。無論答案是否正確，她也一定要推導出來。

二〇〇〇年，大學宿舍都在聽〈那些花兒〉。九月的迎新晚會，文藝青年彈著吉他，悲傷地歌唱：「啦啦啦啦，啦啦啦啦，啦啦啦啦去呀，她們已經被風吹走，散落在天涯……」

我拎著啤酒，在校園晃盪。回到宿舍，接到慧子的電話。她無比興奮地喊：「張嘉佳，我專升本啦，我也到南京了，在南師大！」

末等生慧子，以男生的方位畫一個座標，跌跌撞撞殺出一條血路。

二〇〇一年十月七日，十強賽中國隊在瀋陽主場戰勝阿曼，提前兩輪出線。一切雄性動物都沸騰了，宿舍裡的男生怪叫著點燃床單，扔出窗口。一群男生大呼小叫，衝到六棟女生宿舍樓下。

我在對面七棟二樓，看到他們簇擁的人是袁鑫。

袁鑫對著六棟樓上的陽台，興奮地喊：「霞兒，中國隊出線啦！」

一群男人齊聲狂吼：「出線啦！」

袁鑫喊：「請做我的女朋友吧！」

一群男人齊聲狂吼：「請做他的女朋友吧！」

望著下方那一場幸福，我的腦海浮現出慧子的笑臉，她穿著格子襯衫，馬尾辮保持至今，不知道她這時候在哪裡。

二〇〇二年底，SARS出現，蔓延到二〇〇三年三月。我在電視台打工，被輔導員勒令回校。四月更加嚴重，新聞反覆闢謠。學校禁止外出，不允許和校外人員有任何接觸。

我在宿舍百無聊賴地打「星海爭霸」，接到電話，是慧子。

她說：「一起吃晚飯吧。」

我說：「出不去。」

她說：「沒關係，我在你們學校。」

我好奇地跟她碰面，她笑嘻嘻地說：「實習期間在你們學校租了個研究生公寓。」

我說：「你們學校怎麼放你出來的呢？」

她笑嘻嘻地說：「沒關係，封鎖前我就租好了。輔導員打電話找我，我騙她在外地實習，她讓我待著別亂跑。」

去食堂吃飯，我突然說：「袁鑫有女朋友了。」

她有些慌亂，不敢看我，亂岔話題。

我保持沉默，她終於抬頭，說：「我想和他離得近一些，哪怕從來沒碰到過，但只要跟他一個校園，我就很開心。」

一個女孩子，男生都不知道她的存在，她卻花了一年又一年，拚盡全力想靠近他。無法和他說話，她的一切努力，只是跑到終點，去望一望對面的海岸。

就如同她高中做的數學試卷，寫滿公式，可是永遠不能得分。

上帝來勸末等生退學，末等生執拗地繼續答題，沒有成績也無所謂，只是別讓我離開教室。

看著她紅著臉，慌張地扒著米粒，我的眼淚差一點掉進飯碗。靠。

二〇〇四年，慧子跑到酒吧，電視正直播著首屆「超女」的決賽。我們喝得酩酊大醉，慧子舉起杯子，對著窗外喊：「祝你幸福！」

那天，袁鑫結婚。

我看著她笑盈盈的臉倒映在窗玻璃上，心想，末等生終於被開除了。

二〇〇五年，慧子跑到酒吧，趴在桌上哭泣，大家不明所以。她擦擦眼淚：「他一定很難過。」

傳聞，袁鑫離婚了。

那天後，沒見過慧子。打電話給她，她說自己辭職了，在四川找工作。

二〇〇六年，一群人走進酒吧。看見當頭的兩個人，管春手裡的杯子「噹」掉在地上。朋友們目瞪口呆，慧子不好意思地說：「介紹一下，我男朋友袁鑫，我們剛從四川回南京。」我的頭「嗡」的一聲，沒說的，估計袁鑫離婚後去四川，然後對他消息靈通的慧子，也跟著去了四川。

坐下來攀談，果然，袁鑫去年跟著親戚，在成都投資了一家連鎖火鍋店，現在他打算開到南京來。

袁鑫跟搞金融的同伴聊天，說的我們聽不太懂，唯一能聽懂的是錢的數目。同伴對袁鑫擺擺手，說：「入兩千五百萬，用一個槓桿，一比六，然後再用一個槓桿，也是一比六，差不多十個億出來。」

袁鑫點點頭說：「差不多十個億。」

管春震驚地說：「十……十個億？」

我震驚地說：「十……十個億？」

韓牛震驚地說：「比我的精子還多？」

慧子也聽不懂，只是殷勤地倒酒，給袁鑫每個朋友倒酒。她聚精會神，只要看到酒杯淺了一點兒，就立刻滿上。

他們雖然聊的是十個億，結帳的時候幾個男人假裝沒看見，慧子搶著把單買了。

二〇〇七年。慧子和袁鑫去領結婚證書。到了民政局辦手續，工作人員要身分證和戶口名簿。

慧子一愣：「戶口名簿？」

工作人員斜她一眼。袁鑫說：「我回去拿。」

袁鑫走了後，慧子在大廳等。她從早上九點等到下午五點。民政局中午休息的時候，有個好心的工作人員給她倒了杯水。

慧子想，袁鑫結過一次婚，他怎麼會不知道要帶戶口名簿呢？

所以，袁鑫一定是知道的。

也許這是一次最後的拖延。很多人都喜歡這樣，拖延到無法拖延才離開，留下無法收拾的爛攤子，只要自己不流淚，就不管別人會流多少淚。

慧子站不起來，全身抖個不停。她打電話給我，還沒說完，我和管春立刻打車衝了過去。

慧子回家後，看到袁鑫的東西都已經搬走，桌上放著存摺，袁鑫給她留下五十萬塊。還有一張字條：其實我們不合適，保重。

大家相對沉默無語，慧子緩緩站起身，一言不發就往外走。

慧子伸出手，管春把車鑰匙放她手心。她開著車，我們緊跟在後，開向一家火鍋店。

火鍋店生意很好，門外板凳坐著等位的人。

店裡熱鬧萬分，服務生東奔西跑，男女老少涮得面紅耳赤。慧子大聲喊：「袁鑫！」她的聲音立刻被淹沒在喧嘩裡。

慧子隨手拿起一杯啤酒，重重砸碎在地上。然後又拿起一杯，再次重重砸碎在地上。

全場安靜下來。

慧子看見了袁鑫，她筆直地走到他面前，說：「連再見也不說？」

袁鑫有點兒驚慌，環顧滿堂安靜的客人，說：「我們不合適的。」

慧子定定看著他，說：「我只想告訴你，我們不是二〇〇五年在成都偶然碰到的。我從一九九七年開始喜歡你，一直到今天下午五點，我都愛你，比全世界其他人加起來更加愛你。」

她認真地看著袁鑫，說：「我很喜歡這一年，是我最幸福的一年，可你並不喜歡我，希望這一年對你沒有太多的困擾。不能做你的太太，真可惜。那……再見。」

袁鑫呆呆地說：「再見。」

慧子低頭，看著自己的腳尖，說：「再見。」

慧子把自己關在租的小小公寓裡，過了生命中最孤單的聖誕節，最孤單的元旦。我們努力去陪伴她，但她永遠不會開門。

新年遇到罕見暴雪，春運陷入停滯。我打電話給慧子，她依舊關機。

二〇〇八年就此到來。

隔了整整大半年，四月一日愚人節，朋友們全部接到慧子的電話，要到她那兒聚會。

大家蜂擁而至，衝進慧子租的小公寓。

她的臉浮腫，肚子巨大，一群人大驚失色，面面相覷。

毛毛激動地喊：「慧子你懷孕啦，要生寶寶啦，孩兒他爸呢？」

毛毛突然發現我們臉色鐵青，她眨巴眨巴眼睛，「哇」的一聲嚎啕大哭，抓住慧子的手，喊：「為什麼會這樣？」

慧子摸摸毛毛的腦袋：「分手的時候就已經三個月了。站著幹嘛，坐沙發。」

我們擠在沙發上，慧子清清嗓門說：「下個月孩子就要生了，用的東西你們都給點兒主意。」

她指揮管春打開一個大塑膠袋，裡頭全是紙尿褲，皺著眉頭說：「到底哪種適合寶寶的皮膚呢？這樣，你們每人穿一種，有不舒服的堅決不能用。」

我捧著一包，顫抖著問：「那我們要穿多久？」
慧子一楞，拍拍我手上的紙尿褲，我低頭一看，包裝袋上寫著：美好新生一百天。
我差點兒哭出來：「要穿一百天？」
慧子說：「呸，寶寶穿一百天！你們穿一天，明天交份報告給我，詳細說說皮膚的感受，最好不少於一百字。」
我們聊了很久，慧子有條不紊地安排著需要我們幫忙的事情，我們忙不迭地點頭。
可是，毛毛一直在哭。
慧子微笑：「不敢見你們，因為我要堅持生下來。」
我說：「生不生是你自己的事情。養不養是我們的事情。」
慧子搖頭：「養也是我自己的事情。」
離開的時候，毛毛走到門口回頭，看著安靜站立的慧子，抽泣著說：「慧子，你怎麼過來的？慧子你告訴我，你怎麼過來的？」
管春快步離開，衝進地下車庫，猛地立住，狂喊一聲：「袁鑫我×你大爺！」
他的喊聲迴盪在車庫，我眼淚也衝出眼眶。
第二天——
管春交的：好爽好爽（好爽重複五十次）。
我交的：好爽，就是上廁所不小心撕破，卡住拉鍊。第二次上廁所，拉鍊拉不開，我喝多了就尿在褲子裡了。幸好穿了紙尿褲。唉，特別悲傷的一次因果。

韓牛交的：那薄弱的紙張，觸摸我粗糙的肌膚，柔滑如同空氣。我撫摸過無數的女人，第一次被紙尿褲撫摸，心靈每分鐘都在顫慄，感受到新生，感受到美好，感受到屁股的靈魂。

慧子順產，一大群朋友坐立不安地守候。看到小朋友的時候，所有人都哭得不能自已，只有精疲力竭的慧子依然微笑著。

毛毛陪著慧子坐月子。每次我們帶著東西去她家，總能看到兩個女人對著小寶寶傻笑，韓牛熟練地給寶寶換紙尿褲。

嗯，對，是韓牛，不是我們不積極，而是他不允許我們分享這快樂。

二〇〇九年，韓牛群發簡訊：誰能找到買學區房的門路？

我回：不結婚先買房，寫誰的名字？

韓牛：靠，大老爺們兒結不結婚都要寫女人的名字。

* * *

二〇一二年的巧克力鎮，高中同學王慧坐在我對面。東南亞的天氣熱烈而自由，黃昏像燃著金色的比薩。慧子不是短髮，不是馬尾辮，是大波浪。

王慧給我看一段韓牛剛發來的視頻。

韓牛和一個五歲的小朋友，對著鏡頭在吵架。

韓牛說：「兒子，我好窮啊。」

小朋友說：「窮會死嗎？」

韓牛說：「會啊，窮死的，我連遺產都沒有，只留下半本小說。」

小朋友說：「那我幫你寫。」

韓牛說：「不行，這本小說叫《躲債》，你不會寫。」

小朋友「哇」地哭了，一邊哭一邊說：「爸爸不要怕，我幫你寫《還債》……」

王慧樂不可支。

記憶裡的她，曾經問：「我留馬尾辮，會好看嗎？」

現在她卷著大波浪，曼谷近郊的黃昏做她的背景，深藍跟隨一片燦爛，像燃著花火的油脂，浸在溫暖的水面。

對這個世界絕望是輕而易舉的，對這個世界摯愛是舉步維艱的。

你要學會前進，人群川流不息，在身邊像晃動的電影底片，你懷揣自己的顏色，往一心要到的地方。回頭可以看見放風箏的小孩子，他們有的在廣場奔跑歡呼，有的在角落暗自神傷，越是遙遠身影越是暗淡，他們要想的已經跟你不一樣了。

收音機放的歌曲已經換了一首。聽完這首歌，你換了街道，你換了夜晚，你換了城市，你換了路標。你跌跌撞撞，做摯愛這個世界的人。

馬尾辮還是大波浪，好不好看，不是由自己決定的嗎？
對的，所以，慧子，你不是末等生，你是一等兵。

三朵金花列傳

三朵金花的前半輩子，號稱「陽關三疊」。她的筆記本裡，扉頁寫著一句話。

今已亭亭如蓋。

有一次她打電話給某男：「分，還是不分？」

在電話裡哭得屁滾尿流。

直到一天，她說：「我解脫了。我再也不會在電話裡掉一滴眼淚。」

我問：「為什麼？」

她說：「當男人不愛你的時候，你哭泣是錯，微笑是錯，平靜是錯，吵鬧是錯，活著呼吸是錯，連死在當地都是錯。而無論我哭泣、微笑、平靜、吵鬧、活著、死去，媽媽都是愛我的。」

我說：「你以後還和男人討論分手的問題嗎？」

她說：「分分分，還不如梳個中分。」

這是第一個轉折。陽關第一疊。

結果沒多久，她繼續轟轟烈烈。

這次的男人彷彿人妖，狗娘養的沒事塗香水，戴領結。

在他們故事的末尾，娘炮送三朵金花一句古詩：還君明珠雙淚垂，恨不相逢未嫁時。

——還你大爺，恨你妹夫，又不是女人，嫁你四表舅。

但是三朵金花嘴巴裡面這麼說，依舊躲在房間裡哭。

就算過了一段時間，她也會在倒水的時候，突然想起什麼，然後一陣心痛，痛得水杯倒在地上，水潑在地上，然後蹲在房間裡哭。

她會在看電視的時候，哪怕是看喧囂胡鬧的喜劇的時候，眼淚突然洶湧而出，用被子蒙住頭，痛得縮成蝦米。活不下去了，她想，既然回不去了，那我就活不下去了。

她會失眠，然後端著咖啡，坐在陽台上，安靜地等待天亮。

她在QQ的資料裡，用了三流作家張嘉佳的文字做簽名檔。

既然我們相愛，就一定要在一起。

多麼多麼愛你。

多麼多麼愛你。

多麼多麼愛你。

多麼多麼愛你。

什麼都可以放棄，一定卻一定不能放棄。

主人一旦變成行屍走肉，房間就跟著失魂落魄。

她的房間成了垃圾場。衣服和食物堆在一起，客人只剩下螞蟻。

她的媽媽過來探望，於是幫她打掃。

媽媽住在鄉下，下午就沒有班車回去。而三朵金花住的地方，離車站還有很長的車程。於是媽媽只能早上就去趕車。

媽媽走的時候，三朵金花剛加完班，躺在床上昏睡，沒有一絲力氣送媽媽。

媽媽說：「不要送啦，我認識路的。」

三朵金花喊：「媽媽那我睡了！」

媽媽說：「你趕緊睡吧！」

三朵金花沒有聽到媽媽關門的聲音，卻聽到媽媽的哭聲。

三朵金花立刻翻身坐起，喊：「媽媽你怎麼了？」

媽媽一邊關門一邊說：「沒什麼沒什麼！趕緊睡吧！」

可是媽媽明明哭了，三朵金花拖鞋都來不及穿，穿著睡衣赤腳往門口衝，喊：「媽媽，媽媽，怎麼啦怎麼啦？」

已經關上了，有媽媽下樓梯的聲音，有媽媽抽泣的聲音，媽媽說：「你老是這麼晚回家，你這樣怎麼讓我放心啊……你老是不會照顧自己，你這樣怎麼讓我放心啊……」

媽媽說的每一個字都能聽見眼淚。

三朵金花沒開門，但她扶著門，眼淚一顆一顆滾下來。

有一陣子，她在家裡喝多了。我們幾個同事陪著。

她喝多了，開始發酒瘋。我們嘗試扶她去睡覺。

但她突然哭著喊，我們一聽，就沒有再去扶她。因為我們也哭了。

她趴在桌子上，醉醺醺的，低聲說：「媽媽，你為什麼會變老的呢？媽媽，你為什麼會變老的呢？

「我想要回頭啊，我想要到過去啊，那時你是一個老師，一個普通的國中老師，我小小的，被強壯的男孩子欺負，和小小的女孩子吵架，被嚴厲的老師責罵，我不想從頭來過，我不想又開始不停地畢業，可是，我又想回頭啊，因為，媽媽你老了，你讓我只到你的膝蓋吧，你讓我被罵了可以離家出走吧，你讓我可以去採摘那些桑椹吧，你讓我去學騎那高高的自行車吧，你讓我罰站吧，媽媽，只要你不要老啊……」

接著三朵金花掙扎著往地上躺。我們趕緊去扶她。

可是她又哭著喊。我們一聽，就沒有再去扶她。因為我們也哭了。

她跪在地上，哭著說：

「媽媽，我愛你……媽媽，你為什麼會老的呢……媽媽，我愛你。媽媽，你為什麼會老的呢……媽媽，讓我向你磕頭，第一個，是為生育之恩；第二個，是為撫養之恩；第三個，是為你漸生漸多的白髮……讓我一直磕下去。媽媽，我是快樂的小女孩，你就年輕了，我是唱歌的小孩子，你就年輕了，可是我長大了，你也老了。」

後來大家大醉，大哭，從此三朵金花不接近陌生男人一個月。

這是第二個轉折。陽關第二疊。

最後的轉折，是終點。

她又分手了。

分手後脾氣暴躁，連經理和同事看到她都繞道而行。

據說女人暴躁是因為內分泌失調。

她的QQ資料裡，繼續用了三流作家張嘉佳的文字做最新簽名檔：

驕傲敗給時間，知識敗給實踐，快樂敗給想念，決定敗給留戀，身體敗給失眠，纏綿敗給流年。

這天，暴躁的三朵金花在開會，接了個電話，立刻膝蓋撞在凳子上，頭碰在門框上，跌跌撞撞地去找電梯。會議室和電梯只相隔十幾公尺。她還沒走到電梯，眼淚已經落地。

沒有夜班車，她搭計程車回到老家。

媽媽說：「別加班了，身子吃不消。」三朵金花一邊哭一邊點頭。

媽媽說：「房間記得打掃，媽媽不放心，深更半夜往外面跑什麼，還穿這麼少……」

媽媽說這句話的時候，抓著三朵金花的手，說完的時候，就鬆開了手。

這句話是媽媽留給三朵金花的最後一句話：樹欲靜而風不止。

三朵金花以前因為失戀，最多曠職一個星期。但這次，過了整整一個月，才回到公司。經理一分工資都沒有扣她。

三朵金花回來工作的一個月，每天打字的時候，眼淚就會流下來。

所以她打不了字。每天喝水的時候，眼淚就會流下來。

所以她吃不下飯。每天開會的時候，眼淚就會流下來。

所以她沒有業績。但是經理一分工資都沒有扣她。

媽媽說：你老是不會照顧自己，你這樣怎麼讓我放心啊……

媽媽說：房間記得打掃，媽媽不放心，深更半夜往外面跑什麼，還穿這麼少……

她在終於恢復了神志之後，就變成了三朵金花。

原本笑不露齒，現在喜歡尖叫，小舌頭直接撞擊牙床。

原本走不帶風，現在熱愛狂奔，高跟鞋無意踢翻板凳。

在酒吧裡，我問：「為什麼你在筆記本上，寫著亭亭如蓋？」

她沒有說話。

我突然想起來了，亭亭如蓋，應該出自歸有光的《項脊軒志》。

庭有枇杷樹，吾妻死之年所手植也，今已亭亭如蓋矣。

三朵金花喜歡吃桃子。

媽媽去世前在庭院裡種了一棵桃樹，還沒有開花結果，就去世了。

這棵桃樹，今已亭亭如蓋。

駱駝的女孩

做菜跟寫字一樣。寫字講究語感，做菜講究手感。手一抖，整坨鹽掉到鍋裡，結果狗都咽不下去。有人用計時器也掌握不了火候，而有人單憑感覺，就能剛剛好。一切技能最後都靠天賦，勤學苦練只能變成機器人，跟麥當勞的生產線差不多。

有個女孩，是黑暗料理界的霸主。她做的菜，千篇一律焦黑焦黑的，不可思議的是裡面依舊是生的，有時候還帶著碎冰。我家小狗吃她做的排骨，興高采烈地搖著尾巴，「咔嚓」一口，狗臉一變，好端端一條金毛當場臉綠了，牠小心翼翼地吐出來，「嗷嗷」叫著，躲到牆角哭到大半夜。我見識過她最厲害的一道菜：清蒸鱸魚，只花半小時，鱸魚在蒸籠上被她醃成了鹹魚。

女孩工作忙碌，在一家外商上班。儘管如此，每個月總找機會大宴賓朋，擺席當天，她家廚房就是個爆炸現場，我們都喊她居里夫人。

她無所謂，眼巴巴地望著你，你在她水汪汪的注視中，艱難地去挑個賣相比較正常的。鹹鴨蛋甜得像蜜，水餃又厚又圓跟月餅似的，好不容易決定嘗嘗炒木耳，結果是盤燒糊的魚香肉絲。

我的一個朋友駱駝非常喜歡她，連蹦帶跳地去她家做客，每次必參加。

他能堅持吃完所有的菜。各種奇怪的食材在他嘴裡，一會兒嘎巴嘎巴，一會兒「噗噗」冒泡，因為燒得太抽象，經常肉跟骨頭分不清，他就一律用力嚼，嚼，嚼，嚼，咕咚咽下去。

後來兩人結婚了。

我問駱駝：「你這麼吃不怕出人命？」

駱駝說：「她一個月才做一次，我就當自己痛經了。」

去年女孩查出來肝癌末期，春節後去世。城市不時傳來鞭炮聲，連夜晚都是歡天喜地。我放心不下駱駝，去他家拜年。家裡只有他一個人，坐在書房的電腦前，開著檔案，我湊前一看，是份食譜。

我說：「你要出本食譜？」

駱駝讓我坐一會兒，他去做蛋炒飯。我站在旁邊，有一句沒一句地跟他聊天。

他將米飯倒進油鍋，然後撒了半袋鹽，炒了一會兒，自己吃了一勺。

他咂摸咂摸嘴，說：「真夠鹹的，但是還缺點兒苦味。」

我突然沉默了，突然知道他為什麼在寫食譜，他想將女孩留下來，人沒有留住，至少能留住那味道。

駱駝又吃了一口，用手背擦擦眼睛。他哭了，手背擦來擦去，眼淚還是掛到了嘴角。

他說：「我挺幸運，找了個做菜獨一無二的太太，她離開我後，能留給我複習的味道真多。」

他說：「還缺點兒苦味。你說，那個苦味是炒焦炒出來的，還是有什麼奇怪的佐料？」

他說：「你看電視吧，我繼續去寫食譜。」

我說：「要不我們去喝杯茶？」

他說：「不了，我怕時間一久，會將她的做法忘記，我得趕緊寫。」

我的眼淚差點兒湧出眼眶。

後來我勸他，老在家容易難過，出去走走吧！他點點頭，開始籌備去土耳其的旅行。然後一去許久，我曾經想打電話給他，但是打開通訊錄，就放下了手機。

他是帶著思念去的，一個人的旅途，兩個人的溫度，無論到哪裡，都是在等她。那麼，也許並不需要其他人打擾。

昨天下午我跟梅茜在自己的小店睡覺，一人一狗睡得渾然忘我，醒來已是黃昏。

駱駝推開木門，走了進來。我很驚奇：「你是怎麼找到這兒的？」他說：「人人都知道你在這裡。」

我磨了杯咖啡給他，得意地說：「我不會拉花，所以我的招牌咖啡，叫做無花。」

駱駝喝了兩杯，我說：「再喝就睡不著了。」他說：「睡不著就明天再睡。」

聊了許久。

駱駝真的去了土耳其，因為女孩嚮往伊斯坦堡，最大的願望就是學會做那裡的食物。他想嘗一嘗，這樣能在夢裡告訴她。

駱駝說：「只有你沒打電話給我。大家都勸我，別想多，會走不出來，這樣太辛苦。可是，走不出來有什麼關係，我喜歡這樣，我過得很好，很開心，我只是改變了自己的生活方式。而且我的食譜快寫完了，現在發現，她會做的菜可真多。」

駱駝喝了好多酒，醉醺醺地看著檯燈，說：「我有天看到你的一段話，覺得這就是現在的人生，我很滿足。這個世界美好無比，全部是她不經意寫的一字一句，留我年復一年朗讀。」

他站到書櫃邊，搖搖晃晃找了半天，把我的書挑出來，撕了扉頁，寫了歪七扭八的一行字，貼在小店的牆上。他走了後，我翻了翻自己的微博，終於找到了這段：

我覺得這個世界美好無比。晴時滿樹花開，雨天一湖漣漪，陽光席捲城市，微風穿越指間，入夜每個電台播放的情歌，沿途每條山路鋪開的影子，全部是你不經意寫的一字一句，留我年復一年朗讀。這世界是你的遺囑，而我是你唯一的遺物。

總有一秒你希望永遠停滯，
哪怕之後的一生就此消除，
從此你們定格成一張相片，
兩場生命組合成相框，
漂浮在藍色的海洋裡。

青春裡沒有返程的旅行

四月二十八日又離得很近。這天，有列火車帶著座位和座位上的乘客，一起開進記憶深處。對於惦記著乘客的人來說，四月二十八日是個特殊的日子。

一年三百六十五天，你在時光河流上漂流，把每個日子刻在舢板上，已經記不清楚那些刀痕為什麼如此深，深到一切波浪都無法抹平。

青春就是匆匆披掛上陣，末了戰死沙場。你為誰衝鋒陷陣，誰為你撿拾骸骨，剩下依舊在河流中漂泊的刀痕，沉寂在水面之下，只有自己看得見。

＊　＊　＊

二〇〇三年，臨近冬天，男生半夜接到一個電話，打車趕到鼓樓附近的一家酒吧。

酒吧的木門陳舊，屋簷下掛著風鈴，旁邊牆壁的海報上邊，還殘留著半張SARS警告。

剛畢業的男生輕輕推開門，門的罅隙裡立刻就湧出歌聲。

那年滿世界在放周杰倫的《葉惠美》，這裡卻迴盪著十年前王菲的〈棋子〉。男生循著桌位往裡走，歌曲換成了陳昇的〈風箏〉——

我知道你是個容易擔心的小孩子，所以我在飛翔的時候，卻也不敢飛得太遠。

男生來到酒吧，學姊一杯酒也沒喝，定定地看著他，說：「我可以提一個問題嗎？」

回想起來，這一段如同繁華世界裡最悠長的一幅畫卷。

我們喜歡說，我喜歡你。古老的太陽，年輕的臉龐，明亮的笑容，動人的歌曲，火車的窗外有底片般的風景。你站在草叢裡，站在花旁，站在綴滿露珠的樹下，站在我正漂泊的甲板上。等到小船開過碼頭，我可以回頭看見，自己和你一直在遠處守著水平面。

我們喜歡說，我喜歡你，好像我一定會喜歡你一樣，好像我出生後就為了等你一樣，好像我無論牽掛誰，思念都將墜落在你身邊一樣。

而在人生中，因為我一定會喜歡你，所以真的有些道路是要跪著走完的，就為了堅持說，我喜歡你。

學姊離開後，男生在酒吧泡了半年，每天酩酊大醉。

許巍日夜歌唱，他說有完美生活，他說蓮花要盛開，他說從這裡開始旅行。男生電腦桌前擱著幾罐啤酒，網頁突然跳出一條留言，是個不認識的女孩子，說，看你的發文，心情不好？男生回了文，關你什麼事。女孩說，我心情也不好，你有時間聽我說說話嗎？男生回了文，沒時間。

真的沒時間，男生在等待開始。我們在年少時不明白，有些樂章一旦開始，唱的就是曲終人散。

半年後男生辭職，收拾了簡單行李，和學姊直奔北京。他們在郊區租了個公寓，房間裡東西越來越多，合影越來越多，對話越來越多。如果房間也有靈魂，它應該艱難而喜悅，每日不知所措，卻希望滿滿。

接著房間裡東西日益減少，照片不知所蹤，電視機反覆從廣告放到新聞放到連續劇放到晚安，從晚安後的空白無聲孤獨整夜，到凌晨突然閃爍，出現健身節目。

這裡從此是一個人的房間。

二〇〇四年北京大雪。男生在醫院門口拿著自己的病歷，拒絕了手術的建議，面無表情，徒步走了二十幾公里。雪花慌亂地逃竄，每個人打著傘，腳步匆忙，車子遲緩前行，全世界冷得像一片惡毒的冰刀。

男生坐在十幾樓的窗台，雪停後的第三天。電話一直響，沒人接，響到自動關機。下午公寓的門被人不停地敲，過了半小時，有人撬開了鎖。

發呆的男生轉過頭，是從里昂飛到北京的哥們兒。他緊急趕來，打電話無人接聽，輾轉找到公寓。哥們兒一邊擦著眼淚，一邊舉起拳頭，想狠狠揍男生一頓。

但他看見一張蒼白無比的面孔，拳頭落不下去，變成一個擁抱。他哽咽著對男生說：「好好的啊渾蛋！」

好好的啊渾蛋。

我們身邊沒有戰爭，沒有瘟疫，沒有武器，沒有硝煙和末日，卻總有些時候會對著自己喊，對著重要的人喊，要活著啊渾蛋，要活得好好的啊渾蛋。

二〇〇五年，男生換了諸多城市，從廣州到長沙，從成都到上海，最後回到了南京。他翻了翻以前在網上的ＩＤ，看見數不清的留言。密密麻麻的問候之中，讀到一條留言內複製的新聞，呼吸也屏住了。

南師大一女生抑鬱自殺。他忽然覺得名字在記憶裡莫名熟悉。

兩個名字疊在一起，兩個時間疊在一起。

在很久以前，有個女孩在網上留言說，看你的發文，心情不好？男生回了文，關你什麼事。女孩說，我心情也不好，你有時間聽我說說話嗎？男生回了文，沒時間。

對話三天後，就是女孩自殺新聞發布的時間。

到現在男生都認為，如果自己當時能和女生聊聊，說不定她就不會跳下去。

這是生命之外的相遇，線條並未相交，滑向各自的深淵，男生只能在記憶中參加一場素不相識的葬禮。男生寫了許多給學姊的信，一直寫到二〇〇七年。

讀者不知道信上的文字寫給誰，每個人都有故事，他們用作者的文字，當做工具想念自己。

二〇〇七年，喜歡閱讀男生文字的多艷，快遞給他一條瑪瑙手鍊。

二〇〇八年，多艷說，我坐火車去外地，之後就到南京來看看你。

二〇〇八年四月底，手鍊擱在洗手台，突然繩子斷了，珠子灑了一地。

五月一日十七點三十分，化妝師推開門，傻乎乎地看著男生，一臉驚悚：「你去不去『天涯雜談』？」

男生莫名其妙：「不去。」

化妝師：「那你認不認識那兒的副版主？」

男生搖頭：「不認識。」

化妝師：「奇怪了，那個副版主在失事的火車上，不在了。版友去她的博客悼念，我在她的博客裡看到你照片，深更半夜，嚇死我了。」

男生手腳冰涼：「那你記得她叫什麼名字嗎？」

化妝師：「好像叫多艷什麼的。」

男生坐下來，站起來，坐下來，站起來，終於明白自己想幹嘛，想打電話。

男生背對著來來去去的人，攥緊手機，頭皮發麻，拚命翻電話本。從A翻到Z。

可是要打給誰？

一個號碼都沒撥，只是把手機放在耳朵邊上，然後安靜地等待有人說喂。

沒人說喂。

那就等著。

把手機放下來，發現走過去的人都很高大。

怎麼會坐在走廊裡。

拍檔問：「是你的朋友嗎？」

男生說：「嗯。」

拍檔說：「哎呀哎呀連我的心情都不好了。」

男生說：「太可怕，人生無常。」

拍檔問：「那會影響你台上的狀態嗎？」

男生說：「我沒事。」

接著男生繼續翻手機，拍檔和化妝師繼續聊著人生無常。

五月一日十八點三十分，直播開機。

拍檔說：「歡迎來到我們節目現場，今天呢，來了三位男嘉賓、三位女嘉賓，他們初次見面，也許會在我們現場擦出愛的火花，到達幸福的彼岸。」

男生腦中一片空白，恍恍惚惚可以聽到她在說話，那自己也得說，不能讓她一個人說。

男生聽不見自己在說什麼。

男生側著臉，從拍檔的嘴型大概可以辨認，因為每天流程差不多，所以知道她在說什麼。

拍檔說：「那讓我們進入下一個環節，『愛情問一問』。」
男生跟著她一起喊，覺得流程熟悉，對的呀，我每天都喊一遍，可是接下來我該幹什麼？
男生不知道，就拚命說話。
但是看不到自己的嘴型，所以男生不知道自己在說什麼。
男嘉賓和女嘉賓手牽著手，笑容綻放。
男生閉上了嘴巴，他記得然後就是encing，直播結束了。

五月一日十九點三十分，男生啟動車子，北京的朋友要來，得去約定的地方見面，請客吃飯。
開車去新街口。車剛開到單位鐵門，就停住了。
男生的腿在抖，腳在發軟，踩不了油門，踩不下去了啊，他媽的。
為什麼踩不下去啊，他媽的，也喊不出來，然後眼淚就嘩啦啦掉下來了。
油門踩不下去了。男生趴在方向盤上，眼淚嘩啦啦地掉。

五月一日十九點五十分，男生明白自己為什麼在直播的時候，一直不停地說話不停地說話，因為眼淚一直在眼眶裡打轉。
不說話，淚水就會湧出眼眶。

五月二日一點零分，朋友走了。男生打開第二包菸，點著一根，一口沒吸，架在菸灰缸的邊沿。它擱在那裡，慢慢燒成灰，燒成長長一段。

長長的菸灰折斷，墜落下來，好像一定會墜落到你身邊的思念一樣。

菸灰落在桌面的時候，男生的眼淚也正好落在桌上。

多艷說要到南京來看他，也許這列火車就是行程的一部分。車廂帶著多艷一起偏離軌道。

一旦偏離，你看得見我，我看不見你。

如果還有明天，要怎麼說再見。

男生最討厭汽笛的聲音，因為預示著離別。多艷還沒有到達南京，他就哭成了淚人。連聽一聲汽笛的資格都沒有。

書本剛翻到扉頁，作者就說聲再見。

多艷鄭重地提醒，這手鍊是要用礦泉水泡過，才能戴的。戴左手和戴右手講究不同。但還沒來得及泡一下，它就已經散了。

如果還有明天，要怎樣裝扮你的臉。

新娘還沒有上妝，眼淚就打濕衣衫。

據說多艷的博客裡有男生的照片。男生打開的時候，已經是五月四日一點。

到這個時候，才有勇氣重新上網。才有勇氣到那個叫做「天涯雜談」的地方。才有勇氣看到一頁一頁的悼念帖子。然後，跟著帖子，男生進了多艷的博客。

在小小的相簿裡，有景色翻過一頁一頁。

景色翻轉，男生看到了自己。

那個穿著白衣服的自己。欠著多艷小說結尾的自己。弄散多艷手鍊的自己。

那個自己就站在多艷博客的一角。而另一個自己在博客外，淚流滿面。

台階邊的小小的花被人踩滅，無論它開放得有多微弱，它都準備了一個冬天。青草彎著腰歌唱。雲彩和時間都流淌得一去不復返。

陽光從葉子的懷抱裡穿梭，影子斑駁，歲月晶瑩，臉龐是微笑的故鄉，赤足踏著打捲的風兒。女子一抬手，劃開薄霧飄蕩，有蘆葦低頭牽住汩汩的河流。

山是青的，水是碧的，人沒有老去就看不見了。

居然是真的。

二〇〇九年搬家，男生翻到一份泛黃的病歷。或者上面還有穿越千萬片雪花的痕跡。

二〇一〇年搬家，男生翻到一盒卡帶。十年前，有人用鋼筆穿進卡帶，一圈圈旋轉，把被拉扯到外邊的磁條，重新捲回卡帶。那年，從此三十歲生涯。

二〇一一年，回到二〇〇三年冬天的酒吧，那裡依舊在放著王菲和陳昇。

聽著歌，可以望見影影綽綽中，小船漂到遠方。

二〇一二年五月。我坐在小橋流水街邊，滿鎮的燈籠。水面蕩漾，泛起一輪輪紅色的暗淡。

我走上橋，突然覺得面前有一扇門。一扇遠在南京的門。

我推開門，一扇陳舊的木門，屋簷下掛著風鈴。旁邊牆壁的海報上邊，還殘留著半張SARS警告。剛畢業的男生輕輕推開門，門的罅隙裡立刻就湧出歌聲。

那年滿世界在放周杰倫的《葉惠美》，這裡卻迴盪十年前王菲的〈棋子〉。男生循著桌位往裡走，歌曲換成了陳昇的〈風箏〉——

我知道你是個容易擔心的小孩子，所以我在飛翔的時候，卻也不敢飛得太遠。

有張桌子，一邊坐著男生，一邊坐著女生。

女生說：「我可以提一個問題嗎？」

我站在女生背後，看見笑嘻嘻的男生擦擦額頭的雨水，在問：「怎麼這麼急？」

女生低頭說：「我喜歡一個人，該不該說？」

男生楞了一下，笑嘻嘻地說：「只要不是我，就可以說。」

女生抬起頭，說：「那我不說了。」

我的眼淚一顆顆流下來，我想輕輕對男生說，那就別再問了。因為以後，房間裡的東西會日益減少，照片不知所蹤，電視機通宵開著，而一場大雪呼嘯而至。

然後你會一直不停地說一個最大的謊言，那就是母親打電話問，過得怎麼樣。你說，很好。

我的眼淚不停地掉。

我喜歡你，你喜歡我嗎？

我喜歡你，好像我一定會喜歡你一樣，好像我出生後就為了等你一樣，好像我無論牽掛誰，思念都將墜落在你身邊一樣。

我一定會喜歡你，就算有些道路是要跪著走完的。

面前的男生笑嘻嘻地對女生說：「沒關係，我知道你擔心什麼。是有很多艱難的問題。那麼，我帶你去北京。」

女生說好。

我想對女生說，別輕易說好。以後他會傷害你，你會哭得讓人心疼。然後深夜變得刺痛，馬路變得泥濘，城市變得冷漠，重新可以微笑的時候，已經是八年之後。

女生說：「你要幫我。」

男生說：「好。」

女生說：「不要騙我。」

男生說：「好。」

青春原來那麼容易說好。大家說好，時間說不好。

你們說好，酒吧唱著悲傷的歌，風鈴反射路燈的光芒，全世界水氣朦朧。你們說好，這扇門慢慢關閉，而我站在橋上。

懷裡有訂好的回程機票。

我可以回到這座城市，但時間沒有返程的軌道。

我突然希望有一秒永遠停滯，哪怕之後的一生就此消除。眼淚留在眼角，微風撫摸微笑，手掌牽住手指，回顧變為回見。

從此我們定格成一張相片，兩場生命組合成相框，漂浮在藍色的海洋裡。

紀念二〇〇八年四月二十八日。紀念至今未有妥善交代的T195次旅客列車。紀念寫著博客的多艷。紀念多艷博客中的自己。紀念博客裡孤獨死去的女生。紀念蒼白的面孔。紀念我喜歡你。紀念無法參加的葬禮。紀念青春裡的乘客，和沒有返程的旅行。

唯一就等於沒有

我一直恐懼等錯了人。

這種恐懼深入骨髓，在血液裡沉睡，深夜頻頻甦醒，發現明天有副迫不及待的面孔，腳印卻永遠步伐一致，從身邊呼嘯而過。

二〇〇二年，和一群志同道合者做活動。活動結束後，大家在路邊飯館聚餐。吃了一半，招牌菜酸湯魚上來。我眼巴巴地等它轉到面前，和我隔三、四個座位的女孩X放下筷子，說我要走了。她是大學校花，清秀面龐，簡單心靈。男生們紛紛舉手叫著，我來送你。X紅著臉，我不要你們送，我要張嘉佳送。

我好不容易夾到一塊魚肉，震驚地抬頭，慘烈地說：「為什麼，憑什麼，幹什麼，我囊中羞澀沒有錢搭計程車。」說完後繼續埋頭苦吃。然後呢？然後再見面在三年之後。

二〇〇五年，X打電話來，說想和我吃頓飯。吃飯總是好的，我正好懷抱吃郊區一家火鍋的強烈欲望，就帶著她坐計程車過去了。她說：「一年多在科技園區上班，離家特別遠，都是某富二代開車一個多鐘頭來回接送。」我沉默一會兒說：「也好，他很有毅力。」X低頭，輕聲說：「一開始堅持坐公車，但他早上在家門口等，晚上在公司樓下等，堅持了幾個月。有次公車實在擠不上去，我就坐了他的車。」我一邊聽一邊涮羊肉，點頭說：「上去就下不來了吧！」她什麼都沒吃，筷子放在面前，小聲說：「不知道，我不知道。」

吃完了，我摸著肚子，心滿意足地出門等計程車。半天沒有，寒風颼颼，凍得我直跳腳。X打電話叫車過來接我們，我知道就是富二代的車。車是BMW，人也年輕。雖然不健談，可是很文靜。

X坐在副駕，從後視鏡裡，我能望見她安靜地看著我。我挪到門邊，頭靠在車窗上。夜滲透玻璃，空調溫暖，面孔冰涼。

駛過高架，路燈一列列飛掠。什麼都過去了，人還在夜裡。

這場景經常出現在夢中，車窗外那些拉大的光芒，像時間長河裡倒映的流星，筆直地穿越我的身體，橫貫著整場夢。

夢裡，可以回到二〇〇二年的一次聚餐，剛有女孩跟我說，算了吧。剛有另一個女孩說，送我吧。然後呢？再也沒有然後了。

多少年，我們一直信奉，每個人都是一個半圓，而這蒼茫世界上，終有另外一個半圓和你嚴絲合縫，剛好可以拼出完美的圓。

這讓我們欣喜，看著孤獨的日，守著暗淡的夜，並且要以歲月為馬，奔騰到彼岸，找到和你周長、角度、裂口都相互銜接的故事。然後捧著書籍，曬著月光，心想：做怎樣的跋山涉水，等怎樣的蹉跎時光，都不重要，重要的是對面有誰在等你。

有個朋友的世界觀在禽流感爆發那天展示給了我，他依舊在吃雞，並且毫無畏懼。他說，撞到的機率能有多少，大概跟中彩票特等獎差不多吧。我突然覺得很有道理，如果十幾億人中，只有唯一的半圓跟你合適的話，是命中注定的話，那撞到的機率能有多少，大概跟中彩票特等獎差不多吧。

分母那麼浩瀚，分子那麼微弱。唯一就等於沒有。

這個世界上，沒有兩個真的能嚴絲合縫的半圓。只有自私的靈魂，在尋找另外一個自私的靈魂。我錯過了多少，從此在風景秀麗的地方安靜地跟自己說，啊哈，原來你不在這裡。

二〇一二年，在西安街頭，我捧著手機找一家老字號肉夾饃。烈日曝曬，大中午地面溫度不下四十攝氏度。我滿頭大汗，又奔又跑又問人，走了一個多小時，終於頭暈目眩，頂不住，癱倒在樹蔭下。最後希望出現，旁邊餐廳服務生說他認識，帶我走幾步就抵達。小店門頭已換，所以我路過幾次都沒發現。肉夾饃還未上，嚴重中暑的我暈厥了過去。暈得很短暫，醒來發現店裡亂成一團，店員想幫我叫車，我無力地攔住他，說：「他媽的，讓我吃一個再走。」

不能錯過那麼好的肉夾饃，因為我已經錯過更好的東西。

只有最好的愛情，沒有偉大的愛情

世界上只有三種東西是偉大的。偉大的風景，偉大的食材，和偉大的感情。它們與生俱來，無須雕琢，立地成佛——這也算三觀吧。

由於職業使然，會有女生問我，怎麼控制男人？我說你的意思是男人有什麼缺點，這樣容易把握對不對？她說對。

在追尋世界上最偉大的風景與食材的過程中，我四處奔波。其中在西安，接連碰到兩位神奇的司機，他們可以解答這個問題。

遇見第一位是在我剛下飛機，奔赴鼓樓的車上。當時忘記調整語系，我用了南京話。司機樂呵呵地問：「來旅遊的？」我說：「對。」他說：「怎麼不買張地圖？」我說：「反正你認識路，那又何必呢。」司機不吭聲了，埋頭猛開。幾十分鐘後，我看手機導航，震驚地發現他在繞路。我喊：「師傅，你繞路了吧？」司機恐慌：「你怎麼知道，你不是沒買地圖嗎？」我喃喃道：「可我開著手機導航呀。」司機沮喪地說：「難怪哦，後座老是傳來什麼前方一百公尺右轉、什麼靠高架右側行駛……我說呢。」我比他還要恐慌：「師傅你都聽到這些了，還繞路？」司機長嘆一聲：「我這不想要賭一把嗎？」

第二位是我在回民街出口，攔了輛三輪車。三輪車要價五十塊，結果他也繞路。繞就繞吧，還斬釘截鐵不容我商量：「太遠了我講錯價格，應該一百塊。」我氣急敗壞地跳下車，塞給他五十塊錢說：「那我就到這兒！」他踩著車溜掉，我憤憤前進一百公尺，在路口拐彎，斜刺裡衝出一個人大叫：「哇哈！」嚇得我差一點一屁股坐地上。定睛一看，是剛才的三輪車司機。我怒吼：「你幹嘛！」司機得意地說：「我心裡氣嘛！」然後揚長而去。

前一位司機說明男人永遠都有僥倖心理。你常常無法明白他這麼選擇的理由，事情的主次本來有目標、有結構、有輕重，往往一個忽閃而過的念頭，就莫名其妙變成了最大的支撐點。

男人總體講究邏輯層次，自我規畫出威震八方的系統，卻失敗於對待核心內容常常抱著「這不是賭一把嘛」的心態。這就像豁出老命造輛好車，剎車輪胎外殼底盤樣樣正宗縝密，處處螺絲咬合得天衣無縫。但就是引擎，他還不太清楚會不會轉。要是轉，開得歡快，要是不轉，一攤雜碎。或者他就塞個痰盂在裡頭，賭一把，說不定痰盂也能啟動，對吧，啟動了就全運作正常了耶。

後一位說明男人永遠都有孩子氣。女人會在思索他們某些舉動的過程中死於腦梗塞。這位司機先生在我走一百公尺的時間裡，沿著大樓另外三邊拖著車狂奔半公里，掐準鐘點氣喘吁吁地衝出來咆哮一句「哇哈」，取得讓我嚇一跳的成績。投入產出如此不成比例，但我估計很多男人會狂笑著點讚。包括我自己，事後恨不能跟他豪飲一杯酒。

男人能在事業轟然倒塌後，面色如舊捲土重來，壓力甚大的情況中置生死於度外。但支持的球隊輸了也會讓他成天吃不下飯，超級瑪莉漏了個蘑菇直接掀桌子。就如同寧可用腳撿書十分鐘憋得臉紫，也不肯彎下腰幾秒鐘用手完成。說懶吧，力氣花得挺多。說蠢吧，的確還真有點蠢。這就是養於娘胎帶進棺材的孩子氣。

大概這兩點各磨損女人的一半耐心，讓小主們得出男人無可救藥的結論。就因為各自長著尾巴，握著把柄，優缺點淪為棋子，絞盡腦汁將軍，費盡心機翻盤，所以我說，最偉大的感情，一定不包括男女之情。

只要偉大，就不好找。去見莽莽崑崙，天地間奔湧萬里雪山。去破一片冰封，南北極臥看晝夜半年。你得做出多大犧牲，多大努力，才邁進大自然珍藏的禮盒內。風景如是，食材亦如是，它孕育在你遍尋不到的地方，甚至行走經過卻不自知。

我在胸腔外科一室的走廊打這些話。父親躺在病房，上午剛從加護病房搬出來。心臟搭了五座橋，並且換了心瓣膜，腎功能診斷有些不足。

我在北京出差時，母親打電話說父親心肌梗塞。母親在電話裡哭，救救你爸爸，千方百計也要救他一條命呀。

託了很多人，請來最好的醫生。手術前，醫生找我談話，由於腎功能不全，手術死亡率是別人的五到十倍。雖然朋友事先同我打招呼，醫生一定會說得很嚴重，但這個數字依舊砸得我喘不過氣，全身冰涼。

手術的五小時，是我人生中最漫長的五小時。當父親從手術室送出，推進加護病房，醫生說手術順利，在這件事情中我第二次哭了。

第一次是手術前，我去買東西回來，聽見父親在打電話，打給他以前單位的主管。他說：「我退休幾年了，這次有個不情之請。如果我這次走了，希望您能考慮考慮，千萬拜託單位，照顧好我的家人。」

我拎著塑膠袋站在走廊上，眼淚止不住地掉。

所以我說這是最偉大的感情，唯一世間人人都擁有的偉大。

至於愛情，互相索取討要平衡你對不起我我對不起你最後還得需要政府發放的紅本本來證明的玩意兒，你覺得它偉大？它本身放著光芒，讓你覺得世界明亮，其實跟黑暗中看不見東西的道理一樣，照耀同樣使你看不清四周。它的一切犧牲需要條件，養殖陪護小心呵護，前路後路一一計算。

「這世上有沒有奮不顧身的愛情？」

「說得好像你沒有經歷過二十歲一樣。」

嗯，原因是年輕。沒有與生俱來，沒有無須雕琢，沒有立地成佛。

只有最好的愛情，沒有偉大的愛情。

所以一切為愛情尋死覓活的人哪，他們只是沒在意那三種偉大。去不了，吃不到，最後一種也似乎忘掉。

當然了，寫這些的是個男人，所以車體大樑完整油電充足，但引擎可能是個痰盂。

不只是路過

國中沒事去打GAME，「街霸」前頭排得人山人海，我每次都讓黃豆去排，自己在旁邊猛幹賭博機。黃豆個子矮矮，其他沒印象。一旦輪到位置，他就瘋狂地喊：「快快快！」我撒腿跑過去，投幣，發各種絕技。黃豆把腦袋擠在一側，目不轉睛，主要任務是加油叫好。銅板打完了，伸手問他要，他會準備好兩三枚，依依不捨地交給我。

後來學校流行踢足球，從日薄西山踢到伸手不見五指，過了六、七點，拚的不是技術而是眼力，黑乎乎的球在黑乎乎的夜裡，一群人大呼小叫：「球呢球呢，我×不能踢輕點兒啊，估計又踢到溝裡去了。」

沒人願意帶黃豆玩，他莫名其妙地被所有人嫌棄。這樣的同學每個班都有，家境糟糕，衣服髒兮兮，強項是得零分，幹什麼都落最後，說話結結巴巴語無倫次，常常剛開口對方就避之不及走人了。

他也想去踢球，放學後漲紅了臉，問我能不能帶他去。我猶豫了一下，看到其他男同學嫌棄的表情，咬咬牙說：「走開走開。」

後來他慢慢沉默寡言，跟我說話變少。但他原本就沒啥存在感，我也沒注意到這個趨勢。

過年的時候，天冷外加湊不齊球隊，我跑回了街機廳。街機廳裡空空蕩蕩，街霸那個遊戲機前站著個小個子，我湊過去一看，是黃豆。

他手邊疊著高高一摞銅板，笨拙地操縱人物，然而屁的絕技也發不出來，基本上第一關立刻掛。

我說：「給我玩玩。」

他漲紅了臉，不吭聲，也不讓位。

我討個沒趣，隨便玩玩別的，身上錢不多，不到半小時打光積蓄。我心癢難耐，這太不過癮了，又湊到黃豆邊上，說：「給我銅板。」

他不吭聲。

我鄙夷地說：「小氣。」

這時候他突然哭了，眼淚嘩啦啦，掛在臉上。

我大驚，趕緊溜走，一邊跑回家一邊想：他哭什麼，莫非輸得太慘？太他媽不夠意思了，滾蛋，老子也不要理你。

到家吃酒釀，突然想起來，那天我說「走開走開」的時候，他的眼神很絕望。

開學他沒出現，據說家裡覺得他讀書沒搞頭，零分堆積，還不如早點兒退學做生意。然後，他從此消失在我的人生裡，一直到長相模糊，只剩在我耳邊加油叫好的喊聲，以及那絕望的眼神。

考大學時碰到世界盃，考砸了，只能重讀。沒繼續在市中，家裡把我搞到一個小鎮的高三班，因為父親是小鎮的鎮長，寄希望老師能對我盡職一些。

對這個變化我很興奮，認為能在小鎮作威作福，比如調戲良家婦女，踢翻小販攤位什麼的，帶著一群小夥伴橫行霸道。

這群小夥伴裡，有個叫做蛤蟆。蛤蟆長得滿臉憨厚，眼睛小而猥瑣。本來相安無事，偏偏他有個毛病，明明每次都不及格，做題目的時候卻喜歡哼歌。

比如：sin不該讓cos流淚，至少我盡力而為……我的眼裡只有你，只有S極指向N極……你的柔情我永遠不懂，我無法把CO_2變成H_2O……

日復一日，在模擬考試中，終於，我在「加五十毫升____水」中的空格裡，填了「忘情」水。

他媽的。

我們一群小夥伴，每天吃吃喝喝，騎著摩托車去城區泡吧，穿越在兩側布滿稻田的馬路上，穿越在青春的清晨和深夜裡。

我們輪流請吃飯，輪到蛤蟆的那天，他沒來上課，我說算了我請。

又轉了一輪，輪到蛤蟆的那天，他沒來上課，我說算了我請。

再轉一輪，輪到蛤蟆的那天前，我怒氣衝天，問他：「還要不要做小夥伴了？」

結果次日他依舊沒來，據說又是家裡覺得他讀書沒搞頭，與其不及格，還不如早點兒回去做生意。唉，農村學生真慘烈。

一九九九年大學入學考，考完最後一科，我暈頭轉向地走出教室，有人衝過來，我一看是蛤蟆。

他大概在考場外等了很久，欲言又止，交給我一封信，就離開了。

他的信語法不通，一塌糊塗。我記得曾經有次考試，作文命題是余光中的一首詩，寫讀後感。

蛤蟆苦思冥想，寫下作文題目：真是一首好詩！

他的全文格式如下，抄一句詩，後面跟一句「真好」。再抄一句詩，後面跟一句「真棒」。如此反覆。

他居然還寫信。這封信我保留至今，信裡寫：

我家裡很窮，我很想請大家吃一頓好的，可是我家裡真的很窮，學費還欠著一些，爸爸說等麥子熟了，留幾袋，再殺一頭豬，就能還清學費。我說，爸爸，都不去學校了，幹嘛還要還學費。爸爸說，這個是欠的，就算書不念，欠的就得還。張嘉佳，我特別想請你吃一頓好的，特別好的那種，哪怕是肯德基，貴成那樣我還是會請你。我不是壞逼，無論我請不請你吃，你將來一定會很優秀，成為偉大的作家。等麥子熟了，我會偷偷留一袋，賣掉請你吃飯。

我保留這封信，可是他也消失在我的人生裡。我去過那座小鎮，但無法聯繫上他。估計去外省打工了吧。

這些人，原本會是我最好的朋友，可我把他們弄丟在路上。

我快記不清楚他們的模樣。

我學會珍惜了。

這些年，我參加摯友的婚禮。奔波到外地，看他或者她滿面幸福，在眾人注視中走過紅毯，我都忍不住想掉眼淚。無論遙遠或者艱難，我也要努力在現場。

每個清晨你都必須醒來，坐上地鐵，路過他們的世界，人來人往，堅定地去屬自己的地方。

我們坐著地鐵，到了各自月台，得去換乘屬自己的那一列。

可是人生重要的日子就幾個，我將盡力去到那特殊的幾站，在你的視線裡，對著你揮揮手大聲喊：「他媽的太棒啦，你要過得很好啊你這個王八蛋！」

除了你的愛人和父母，還有一些人，因為你歡樂而笑開懷，因為你難過而掉眼淚。

我的時間很多，可是就算少一天，我還是會捨不得。我的朋友很多，可是就算少一個，我還是會捨不得。

寫在三十三歲生日

故事開頭總是這樣，適逢其會，猝不及防。故事的結局總是這樣，花開兩朵，天各一方。經歷絕望的事情多了，反而看出了希望。

我有個朋友陳末，脾氣很糟糕，蠢得無藥可救，一天掉過三次家門鑰匙。他索性把備用鑰匙放在對面有點兒交情的鄰居家，每天興高采烈地出門去。

他出差回來，下午高溫三十七攝氏度，喘著粗氣汗流浹背地走進家門：裡頭滿滿當當坐滿十幾號人。三台空調全開，三台電視全開，三台電腦全開，小孩子裹著被子吃冰淇淋，老頭兒老太太穿著毛衣打麻將。鄰居太太正在推窗說：「透透氣，中和一下冷氣。」鄰居看見陳末邁進門，臉色刷白，一邊罵太太，一邊扯小孩，一邊笑著打招呼：「那啥，太熱了，我家空調漏水……」

第二天，陳末裝了指紋鎖，再也不用帶鑰匙。

既然老是丟鑰匙，怎麼都改不過來，那就一定有不需要帶鑰匙的辦法。

陳末是三十二歲離婚的。他想，幸福丟掉了。每天靠伏特加度過，三個月胖了二十斤，沒有告訴任何人。朋友們也不敢問，不知道發生了什麼事，只是陪他坐在酒吧裡，插科打諢說著一切無聊的話題，看夜晚滲透到眼神。

免不了難過。難過是因為捨不得，捨不得就不願意傾訴，連一句安慰都不想聽到。身處喧囂，皮膚以內是沉默的。

既然老是難過，怎麼都快樂不起來，那就一定有不恐懼難過的辦法。

喝了好幾天，他發現卡裡怎麼還有錢。想了想，我是三十二歲的男人，到了今天錢如果一個人花的話，是很難花完的。可以坐頭等艙了，可以買衣服不看價錢了，可以隨意安排時間了，可以沒事住飯店尿床也不用洗了，可以把隔壁那桌女孩的帳單一起付了。

他背上背包，展開中斷了好幾年的旅行。三十二到三十三歲，機票和火車票加起來一共三百張。

難過的時候，去哪裡天空都掛著淚水。

在越南的一座小寺廟，陳末認識了胸口掛著5D2相機的老王。老王住在河內的一家小客舍已經四十幾天，每天胡亂遊蕩。他說以前在這裡度的蜜月，後來離婚了，他重新來這裡不是為了紀念，是要等一個開酒吧的法國佬。

當初他帶著太太，去法國佬酒吧，結果法國佬喝多了，用法語說他是亞洲標準醜男。他懂法語，聽見了就想動手，被太太一把拽住，說別人講什麼沒關係，我喜歡你就可以了。

兩年後離婚了，他痛苦萬分，走不出來，來到河內這條街，心裡一個願望非常強烈，要跟那個法國佬打一架。但他嘗試幾次，都沒有勇氣，一拖拖了兩個月。

陳末跟老王大醉一場，埋伏在酒吧外頭，等客人散盡已經是凌晨，法國佬跌跌撞撞地出門。陳末和老王互相看一眼，發一聲喊，衝上去跟法國佬纏鬥。

幾個老外在旁邊吶喊加油，三個人都鼻青臉腫，打到十幾回合，只能滾在地上你揪揪我褲子，我捶捶你屁股，也沒人報警。

法國佬氣喘吁吁地說了幾句，在地上跟老王握了握手，艱難地爬起來，和圍觀的老外嘻嘻哈哈地走了。

陳末問老王：「那混帳說什麼？」

老王奄奄一息，說：「他記得我，他認為我現在變帥了，但總體而言還是屬醜的，為了表示同情，去他酒吧喝酒打折。」

陳末說：「他媽的。」

老王看著太陽從電線杆露出頭，一邊哭一邊笑，說：「我可以回國了。」

陳末說：「回國幹嘛呢？」

老王說：「我想過了，去他媽的總監助理，老子要賣掉房子，接上父母，一起回江西買個平房，住到他們魂牽夢縈的老家去。我就是喜歡攝影，老子現在拍拍照就能養活自己，我為什麼要做自己不喜歡的事情？我今年三十六，離過婚，父母過得很好，我為什麼還要做自己不喜歡的事情？」

老王說：「我愛過她，就是永遠愛過她。以後我會愛上別人，但我的世界會更加完整，可以住得下另外一個人。」

我們曾經都有些夢想居住的地方。比如，在依舊有炊煙的村莊，山水亮麗得如同夢裡的笑容，每條小路清秀得像一句詩歌。或者在矮簷翹瓦的小鎮，清早老人拆下木門，傍晚河水倒映著燈籠。或者在海邊架起的小木屋，白天浩瀚的蔚藍，晚上歡騰的篝火，在柔滑的沙灘發呆。或者在陽光跳躍的草原，躺下自己就是一片湖。

陳末喝醉時，寫過兩句話：故事開頭總是這樣，適逢其會，猝不及防。故事的結局總是這樣，花開兩朵，天各一方。

原本你是想去找一個人的影子，在歌曲的間奏裡，在無限的廣闊裡，在四季的縫隙裡，在城市的黃昏裡。結果腳印越來越遠，河岸越來越近，然後看到，那些時刻在記憶中閃爍的影子，其實是自己的。

與其懷念，不如嚮往，與其嚮往，不如該放就放去遠方。

難過的時候，去哪裡天空都掛著淚水。後來發現，因為這樣，所以天空格外明亮。明亮到可以看見自己。

過自己想要的生活。

過自己想要的生活，上帝會讓你付出代價。

照顧好自己，愛自己才能愛好別人。如果你壓抑、痛苦、憂傷、不自由，又怎麼可能在心裡騰出溫暖的房間，讓重要的人住在裡面。如果一顆心千瘡百孔，住在裡面的人就會被雨水打濕。

你千辛萬苦地改變，覺得要去適應這個世界。因為憐憫自己偷偷留下的一小部分，在抵達美麗的地方後發現，那一部分終於重新生長。生長到熱烈而寧靜，毫無恐懼。

過自己想要的生活，上帝會讓你付出代價，但最後，這個完整的自己，就是上帝還給你的利息。

在空閒的時候，我和大家說睡前故事，從來不想告訴你解決問題的辦法，只是告訴你活著會有這些問題。

而這些問題，我們都會找到解決的辦法，每個人都不同，所以不需要別人的教導。只需要時間，它像永不停歇的浪潮，在你不經意的一天，把你推上豁然開朗的海闊天空。

陳末就是我自己，因為沉默。

因為我執意，因為我捨不得，因為看到太多絕望，所以反而看出了希望。

哪怕花開兩朵，也總要天各一方，感謝三十二歲男人失去的世界，才有三十三歲男人看見的世界。

寫在三十三歲生日，並祝自己生日快樂。

走音

1

毛毛分派給管春一個艱巨的任務，結果他找上了我。管春跟我要走身分證字號，買了頭等艙的機票，兩個人打著哆嗦走進VIP候機室。

生平第一次去VIP室，接待我們的女孩姓姚，個子高高、睫毛彎彎。她剛彎腰問：「先生有什麼需要嗎？」管春就把一杯茶潑在她鞋上。

我立馬跳起來：「管春你幹什麼！媽的別緊張！不就是VIPPPPPPPPPPPP嗎？」

小姚連鞋都不敢擦，VIP室管得特別嚴，碰到管春這樣的「澳客」，小女孩都不敢吭聲。

管春又把一盤零食丟她臉上。小姚結結巴巴地說：「先生你有什麼需要嗎？」

她的同事迅速拉來主管，主管問：「什麼情況？」

我估計自己臉色發白，害怕得發抖，可能很快要把內臟從肚臍眼抖出來了。看看現行犯管春，他也臉色發白，抖得瀏海在跳舞。

管春清清喉嚨，說：「她服務不周、儀容不整，踢了我十六腳，還罵我不要臉。」

我大驚：「管春你太不要臉了，這裡有監視錄影的，你逃不掉的！」

管春說：「我要投訴，把她開除！」

我說：「啊？」

管春指著我說：「這是我隨行，投訴單他填。」

我說：「啊？」

主管表面上啥也沒說，瞪了小姚一眼，我壯著膽子把她勸走。小姚差點哭出來，咧著嘴問管春：「姊夫，你幹什麼啊？」

管春狠狠瞪著她：「家門敗類！你再繼續跟那個渾球在一個地方上班一天，我就來鬧一天，不開除你，我就不算為民除害！」

小姚說：「姊夫，頭等艙票也不便宜，你不要浪費錢了。有什麼事我們過年回老家說。」

「過年個頭，過年的時候，你的孩子都要生下來活蹦亂跳了！你說個頭，要是光說有用，現在我犯得著買機票嗎？很貴的！」

2

小姚是毛毛的表妹，據說在這裡有段孽緣，管春接受的家族任務，就是把她給趕走。

小姚以前覺得她很笨，別的女孩子在談戀愛化妝，她只會畫漫畫、看美劇。

後來覺得她不但笨，還很蠢，因為她二十五歲找了個對象，這個對象是有未婚妻的。

她剛剛進入航空體系不到一年，會畫眉會盤髮髻，胳膊上PRADA代替了Adidas。一開始毛毛夫妻挺高興的，醜小鴨變天鵝，一家男帥女靚，實在是村裡一道風景線。

後來她和朋友到我酒吧，通通九〇後，水靈靈嫩乎乎，在下非常興奮。

管春跟她說：「你來酒吧幹什麼？這是你待的地方嗎？你作業寫完了嗎？姑媽叫你吃晚飯了嗎？」

小姚指著他說：「這是我姊夫，大家不用理他。」

然後她又指著我說：「這是張嘉佳，很厲害的作家，你們有什麼情感煩惱，跟他說說就好了。」

結果我一點也不厲害，這群小女孩才真厲害。

一個說，她喜歡大叔，看不上同齡男孩子，可是大叔沒多久就要分手，她心裡好痛。

她問我：「大叔，你們都是怎麼想的？」

我勒個操，大叔能怎麼想，大叔打遊戲儲值二十五萬點，玩通關了當然就不玩了。

另一個說，男朋友富得冒巧克力牛奶，催她結婚，不然就分手，她心裡好煩。

她問我：「大叔，我還想再玩兩年呢，他是怎麼想的？」

有錢人的想法我怎麼能摸清啊！大家的問題怎麼都這麼奇怪啊！我不懂啊！認真嚴肅地喝酒不行嗎?!

看管春在吧台調酒，興高采烈。小姚說：「張嘉佳，最近我也有個問題。」

我頭搖得跟撥浪鼓一樣：「我不想聽，你別這樣。」

小姚說：「我跟她們不一樣，我是真愛。」

小姚上班，聽著身邊人討論化妝品、包包、夜場和餐廳。她想既然不喜歡這些，就不加入好了。她一個人去更衣室，面對客人，露出八顆牙齒微笑，儘管有同事在背後說她裝，她也當沒聽見。

她忽視別人，別人也忽視她。她看了那麼多電影漫畫和經典名著，心裡是有賈寶玉和林黛玉的。

圓圓寸頭的男同事端走她的餐盤：「跟我一起坐吧。」

他們的感情是從這裡開始的。問題在於，這個男同事有未婚妻，未婚妻和他家世相當，公司的人都知道，卻一直沒說。

小閨密們說：「說了有什麼用啊，他肯定要結婚，但他喜歡的是你嘛！」

小閨密們說：「等熬到他父母去世，他能自由了，肯定會娶你的。」

小姚問我：「可是我要不要等他？」

我說：「如果真愛的話，怎麼會忍心讓你當第三者？在我們見第一次面的時候，彼此就應該清清白白。這樣兩個好人，才能好好相愛。」

小姚沒有意識到，她是大家討厭的第三者。就算她知道自己是第三者，她對第三者的看法也會改變。

我告訴小姚，兩個人認識的地點方式，相愛得驚心動魄，彼此的心意相通，這些很重要，但是比不上做個好人重要。

小姚說：「他會跟未婚妻分手，這一次當壞人，我認了。」

為了真愛當壞人，好像很偉大。就像為了表示忠貞，去往無辜的人身上開一槍。就像為了取悅對方，連搶八家銀行。壞人很享受，因為傷害的是別人。

而我們只能說，別這樣。

3

VIP之旅結束後，傳聞小姚跟男同事分手了。

再次見到她，是管春夫妻約了在鼓樓吃飯。

我被朋友送過去，提前抵達，小姚也到了。

剛落座，小姚手機「叮咚」一聲，然後她焦躁不安。我問她什麼事，她猶豫一會兒，說：「他約我見最後一面。」

我說：「算了。」

她趴在桌上，頭埋進胳膊。

我說：「算了，去吧。」

小姚走到樓下，可是正在下雨，十五分鐘過去，她沒叫到車。

她毅然踩著高跟鞋，往湖南路方向走去。我怕出事，緊緊跟隨。

她越走越快，中間踉蹌幾次，差點摔倒。我買了兩把傘，可是沒有把另一把遞給她。

她走到湖北路，我已經氣喘吁吁了。她突然停步，背靠一塊廣告招牌，隔著十幾公尺，我都知道，她在哭。

雨大得很，她已經淋成一個孤單的省略號，身後留著一串看不見的腳印。

接著，她走進旁邊的KTV。我走上前，她回頭跟我說：「唱歌啊？」

她是笑著說的，渾身濕漉漉，臉上也布滿水珠，眼神裡充滿絕望。

在包廂裡，她沉默不語，我也很尷尬，不停催管春夫妻快來。

等管春夫妻進來，毛毛舉著麥克風，讓她唱了第一句。之後不管放的什麼曲子，她都唱：

「就是這麼喜歡你，因此我像個大傻逼。」

她說，我把生命當一首歌，拚盡全力來唱。

我說，你這樣拆解成一個個的音符，每個音符都唱到最高，這首歌不見得好聽。

她說，為什麼。

我說，走音了。

唱了幾遍以後，她放下麥克風，說：「切歌。」

然後她被毛毛摟在懷裡，哭成淚人。

4

很多年前，我跟管春開著破車，在一場漫無目的的旅行中。

在安徽界，進入山林內。天色漸黑，依然沒找到能住宿的地方。開到十一點，狹窄顛簸的山路迎面一塊橫放的木板，擋住去向。車燈能照出木板上的字跡：前方修路，不通。

我們罵聲娘，掉頭，往來路開。在一片漆黑裡，車子拋錨了。

我們打著手電筒，折騰到兩點，車子依舊無法發動。

車內車外一樣冷，我們披著所有能披的東西，坐在路邊發呆，沉重而冰冷的夜重重落在頭頂。

時間艱難地挪動，越痛苦越緩慢，彷彿停滯。

管春突然大聲唱歌，聲嘶力竭，唱的是：「就是這麼喜歡你，因此我像個大傻逼。」

翻來覆去就是這麼兩句，每個字都沒有音調，就是吼出來的。

就是這麼喜歡你，因此我像個大傻逼。

我不介意他唱得難聽，很快他用光力氣，跟我借圍巾，我拒絕了。

為了表示公平，我也大聲唱，唱到用光力氣，我們就一樣冷了。

這一夜如同沒有邊際。

在凍僵的時刻，天邊慢慢亮了。

霧氣一點點變得金黃，全世界的光芒都從上帝的指縫中漏出來，穿透雲，穿透風，穿透所有人呼吸的空氣，在山野間呼嘯著覆蓋。

原本猙獰的時間，突然歡呼雀躍，每一秒都如同天使。

我們呆呆看著，異口同聲地說，真他媽的美啊！

原來我們在如此美麗的風景裡。

這是我生命中最重要的日出。

誰都唱過走音的歌曲，你會用光所有力氣，都找不到正確的音階。

其實別人的提示都是廢話，只有你自己可以說，切歌。

嗨，出發吧

1

去海鮮大排檔吃宵夜，清炒花蟹真好吃，吃得我還想再活五百年。說正事，吃宵夜的搭檔需要慎重挑選，幾乎跟選牌友差不多。

比如管春，已經餓得半死，哪怕葱爆大腸在鍋裡翻炒，看看手機，他就能嘸嘸口水按時回家。這人人品就有問題，太殘忍無情。

又比如韓牛，年紀大了，半截入土，吞個花蛤便有機會痛風嗝屁，一命嗚呼，吃宵夜恨不得隨身帶著骨灰盆。不管他多麼幽默健談，宵夜都不能帶他。何況他近況不好，一上桌就要推銷成功學，連好笑這個優點都沒有了。

經常在自己的通訊錄翻翻，找不到能湊一桌的宵夜搭檔，很寂寞。在這個時候，我忍不住會想念「內褲」。

內褲愛吃宵夜，食欲良好，跟我口味近似，相當於舌尖上的雙胞胎。我幾乎都忘記了為什麼跟他絕交。

內褲很窮，在我的微博互相關注好友裡，比他更窮的只有梅茜了。

他在我的生命中進進出出，非常頻繁。因為他的女朋友的愛好是分手。動不動分手。和好了，就離開我的生命。分手了，就進入我的生命。

菜不合口味，筷子一丟，分手。內褲進入我的生命。過幾天女朋友電話打來，內褲離開我的生命。

逛街提不出選擇建議，購物袋一扔，分手。內褲進入我的生命。過幾天女朋友電話打來，內褲離開我的生命。

一次他女朋友開車接我們。男人穿衣服，大部分都是跑到陽台，哪件晾乾穿哪件。於是他當天比較混搭，耐吉運動褲下面是一雙軍用靴。車子開到高架，他女朋友發現了，二話不說，嘎吱靠邊停，說，分手，下去。

內褲說，雖然我穿得毫無品味，但把我丟在高架上，會被撞死的。

女朋友說，死罪。

我說，那我也要跟著下去？

女朋友說，誅九族。

後來網開一面，高架出口將我們踢出去了。

2

沒幾天，內褲給她過生日，託我訂好飯店，還搞了個驚喜策畫，內容跟春晚似的豐富多彩，其中我要表演數來寶。

大家到地點，女主角不見了。她說她和閨密們在酒吧，喝完再過來。

我×，居然有人不吃飯就去買醉，要不是我們快餓死了，一定會像曹操愛上關羽一樣惺惺相惜。

接著等到番茄蛋花湯熱了三遍，內褲再打電話過去，女朋友嬌嗔地說：「這才第一場啊，等第二場KTV結束了再說吧。」

全場罵娘，KTV怎麼不燒掉的，娛樂場所怎麼這麼作孽的，社會風氣怎麼如此惡劣的。

大家都不敢說內褲女朋友，因為內褲在旁邊跟著罵，已經很尷尬了。

內褲女朋友叫什麼來著？算了，叫她「數來寶」吧，為了幫她過生日，我還得背數來寶。

飯店打烊，數來寶還是沒有來，內褲說了很多次讓我們散掉，我們說不行還可以吃宵夜嘛，邊吃邊等。邊吃邊等，太可恨了。

之後某次他們分手，內褲進入我的生命。

在宵夜的海鮮大排檔，我問內褲，究竟她要做到什麼地步，你才能死心。

內褲說，前兩年開電動間失敗，二十來次創業失敗一次接一次，什麼未來都看不到。如果不是數來寶陪著他，他說不定真的會垮掉。

那種感覺，好比在沙漠中走了三天，皮膚直接冒出濃煙，在渴死的前一刻，見到一汪清泉。又好比被關進保險箱，即將呼吸完最後一口空氣時，小偷帶來電鑽。

都有這樣過吧，某一刻某一個人，給你帶來生命的狂喜，之後無論這個人做什麼，你都離不開。

她只是做了一點，只是不成熟了點，但她這樣不諳世事地陪著你，從來沒有想過要走。就算分了幾次，也會再回來。

數來寶那麼變化多端，卻是內褲世界裡最穩定的存在。因為她總是會回來的。

我想了想，小情侶之間冷戰打架循環互虐，多的是。在我老家，村子口老太天天掄著拐杖罵老頭，可是老頭一走，老太牽掛著他，也下去找他了。

只是那時候內褲因為老遷就女朋友，已經沒有其他朋友了。

他一口乾掉一杯，認真地對我說：

「張嘉佳，非常感激你們對我好。我也知道，以對方為唯一的感情很傻逼，但我還是想試一試。」

3

內褲為什麼叫內褲？

因為有次毛毛生病，管春在外地，打電話給內褲，請他幫忙送個東西給毛毛，說挺急的。他翻身起床，穿著內褲就買了送過去。那是小年夜，零下三度。

不過是一瓶止咳糖漿，毛毛有點感冒。並非大不了的事情，但內褲就是會把每一個字當真，然後死心眼。所以當他一條路走到黑的時候，大家狗急跳牆打著探照燈，也不能將他照亮。

這條路的盡頭是二〇一〇年六月二十八日，內褲的婚禮。兩人還沒領結婚證書，決定先辦婚禮。據說是數來寶的要求，別鋪張浪費，請三、四桌關係最好的就夠。不買婚紗，不請裝飾，就當聚會吧！

內褲樂呵呵地對大家說：「厲害吧，我是單親家庭，結婚人多做不到，人少還是很容易的。」

當時我們想，見鬼，數來寶居然賢惠了。

二〇一〇年六月二十八日，大家笑逐顏開，在南京江寧區一個不大的餐廳，就四桌。別看人少，戰鬥力大，喧嘩聲都快把屋頂掀了。

韓牛正在表演肚臍眼盛酒的絕技，毛毛急匆匆跑到我們的2號桌，小聲說，數來寶一直在洗手間哭，不肯出來。

我有不好的預感，心一直沉下去。

毛毛又衝去洗手間，大家忐忑不安。

二十分鐘後，毛毛臉色蒼白，告訴我們，數來寶說，覺得自己沒那麼愛內褲。求婚不好意思推，家長見了，籌備婚禮越花錢越不敢說，拖著拖著就結婚了。

全桌人臉色都白了，最白的是站在一邊的內褲。

毛毛接著說，她說會出來參加婚禮，但結束後就走。

這是一場我經歷過最揪心的婚禮。客人盡歡，而新郎新娘笑得勉強。我一口菜也吃不下去。

管春緊緊握著毛毛的手，因為毛毛的眼淚一直在掉。

婚禮結束後，不管以後親戚怎麼議論，新娘就要離開新郎了。

九點鐘結束。我們幾個人呆呆坐在位置上，留下來，還是走掉，都不對。
送走父親，內褲和數來寶坐下，大家沉默。
數來寶說：「對不起，花的錢我以後還你。」
內褲說：「沒關係，幸好還沒領證，差點連累你一輩子。」
數來寶說：「我走了。」
內褲說：「好，我送你。」
我跟著他們離開，背後聽到管春的一聲冷笑：「我×，這年頭，碰到好的人，簡直比碰到對的人更重要。」

4

沒幾天，內褲也消失了。手機打不通，關機。半年後變成了空號。
去年我正睡懶覺，睡到昏天黑地，被砸門聲敲醒。開門一看居然是內褲！
我穿著內褲就要抱內褲，突然發現肉體這麼赤裸裸地接觸不好，就狠狠踹他一腳。
內褲說：「嗨，天氣真好，出發吧。」
我跟內褲背著啤酒，偷偷登上古城牆頭。喝到天色漸暗，秦淮河的水波裡倒映著燈籠，遠處一艘窄窄的畫舫漂過去。
內褲說，南京的梧桐樹真漂亮。
內褲說，秋天開車在街道上，梧桐葉子落下來，漂亮得讓人難過。

我正要順著他的話語抒情，內褲說，去他媽了個逼。

他猛地站起來，站在牆頭。這古代的制高點，已經在這座城市裡是那麼矮的建築，視線的終點隨處都能被阻擋。

他待了很久，我上去找他乾杯。

他一回頭，背後滿城夜色，臉上全是眼淚。

我登時一句「乾杯」說不出口。

他說：「張嘉佳，你知道嗎，我媽媽是在我很小的時候去世的。我現在已經記不清楚她的模樣了。沒上小學，她就走了。我不但記不清楚她的模樣，連她對我說過的話，也一句都想不起來。」

他嚎啕大哭。

這件事情我從不知道，一時只能拚命喝酒，無法回答。

他輕聲說：「為什麼我不記得媽媽長什麼樣子，可老是能聽見她跟我說話呢？為什麼我老是能聽見她跟我說話，可我一句也想不起來呢？」

我們從頭到尾沒有聊到數來寶。也沒有聊到她去了哪裡。

我一直記得，在內褲那場粗糙的婚禮上，數來寶說：「對不起，花的錢我以後還你。」

內褲說：「沒關係，幸好沒領證，差點連累你一輩子。」

數來寶說：「我走了。」

內褲說：「好，我送你。」

內褲去送她，我怕出事，跟在他後面。

到停車的地方，數來寶上車後，搖下車窗，對著內褲揮手，說再見。

接著是車子啟動的聲音。

直到車子開出去十幾公尺，內褲突然大聲喊：「你要去哪裡？能不能帶著我一起去？」

車子沒停留，開走了。

5

內褲留了個新手機號碼給我，說，有事打這個。然後他又消失了。

管春問我見過內褲沒？

我說見過，總算有良心，留了個新號碼給我。

管春一揮手：「打給他，老子要罵這渾帳。」

我拿起手機，撥通他留給我的新號碼。

一撥通，我不由得破口大罵：「這渾帳！」

管春傻乎乎地問：「怎麼啦？」

我打開擴音，手機裡傳來：「您撥打的號碼是空號。」

我跟管春沉默了一下，對著手機吼：「我去你的，渾帳你要過得很好啊，我×，過得好一點啊！」

而手機裡只是在說，您撥打的號碼是空號。

6

在內褲那場粗糙的婚禮上，數來寶說：「對不起，花的錢我以後還你。」

內褲說：「沒關係，幸好沒領證，差點連累你一輩子。」

數來寶說：「我走了。」

內褲說：「好，我送你。」

內褲去送她，我怕出事，跟在他後面。

到停車的地方，數來寶上車後，搖下車窗，對著內褲揮手，說再見。

接著是車子啟動的聲音。

直到車子開出去十幾公尺，內褲突然大聲喊：「你要去哪裡？能不能帶著我一起去？」

車子沒停留，開走了。

內褲發了會兒呆，回到桌前，坐下來說：「有一次，我穿運動褲和軍用靴，她嫌我亂來，直接把我趕下去。我只好打車，沒多久，發現她停在路邊，還挺隱蔽，貼著一棵樹停。

「我也在氣頭上，假裝沒看見，計程車繼續開。後視鏡裡能看見，她開著車跟上來了。

「社區門口，我下車，她把車停在我前頭。

「這是我們和好最快的一次。

「她說，剛把我趕下車，她就後悔了。」

內褲把他記憶中的每一次分手與和好，嘮嘮叨叨地說完了。

說到後半夜。餐廳老闆也是朋友，說他先走，記得鎖門。

然後我們也開心起來，彷彿徜徉在他的愛情故事裡，開始插嘴，開始接話，因為我們在他的故事裡，也頻頻出現。

故事說到二〇一〇年六月二十八日，新娘搖下車窗，對著新郎揮手說再見。

大家哄堂大笑，管春笑出眼淚，說：「真他媽的慘。」

內褲說：「慘個屁，我很有風度的，目送她遠去。」

他小聲說：「因為總是要走的，所以呢，她對我不好，其實是對我好。我對她好，其實是我不好。」

無論好不好，可你剛離開，我就開始思念。

字字句句複述一遍，生怕你留下的痕跡有所遺漏。

只有我清楚，內褲的故事真的故意遺漏了一句。新郎對著開走的車大聲喊：「你要去哪裡？能不能帶著我一起去？」

不知道你後來去了哪裡，但有一天你一定再次會砸開朋友的門，傻笑著說：「嗨，天氣不錯，出發吧！」

多看一眼就好

我的手機通訊錄裡頭有好幾個叫「胖子」的名字，他排行第一。不論我後面又存了多少個胖子，他都是第一，因為我存的名字是「a胖子」。

術業有專攻。他開手機店的，店面在珠江路正中間。胖子前半生有個輝煌的頂點，他興奮地對我說：「張嘉佳，我也能上電視的！」

那次是記者暗訪，隱蔽的攝像頭對著他侃侃而談的胖臉，他正在吹噓水貨手機多麼厲害。雖然這件事讓胖子的店關了一段時間，但他還是很興奮。

你們有沒有發現，只要是胖子，看起來都不太煩惱，即使他們真的難過，一哭也有點兒滑稽的樣子。所以每次胖子也想講他的愛情，一開口我們都笑了。甚至在大家感傷的時候，都會趕他出去買菸，不然大家無法進入憂鬱的情緒。

那天胖子跟我說：「張嘉佳，你就聽我講一次吧，你當男主角不是我，是個跟你一樣帥的風一樣的男子。」

我說：「哈哈哈哈那你嚴肅一點。」

胖子大喜，說：「好得一逼，沒想到我也有傾訴的一天。」

我說：「嗎噠你嚴肅一點，不然不聽了。」

胖子說他其實也有很多女孩追求。因為相親的時候，每當女孩問，你有房有車嗎？胖子就會掰著指頭說，我有房子房子房子房子，有車子車子車子車子。

我忍著沒打斷。

胖子說，但是因為他曾經受過很嚴重的傷，現在不敢愛。

我說，你還是去買菸吧。

他沒去，接下來我聽到了傳奇的故事。

他大學時候認識的女孩，女孩工作，他上學。那時候窮，又不好意思讓女孩約會掏錢，胖子堅決不同意交往。兩人曖昧的期間，他偷偷練就了貼膜的手藝。大學還沒畢業，他的生意已經紅火，他對女孩說，我可以對你負責了。

胖子把所有積蓄換了枚小小的戒指。

他要求婚，幸福讓他難以忍耐，每一秒都是甜得心口發痛的煎熬。

他挨到天黑，接女孩吃晚飯，車子在她家門口轟隆隆，轟隆隆得急迫。

女孩磨磨蹭蹭不知道在幹嘛，過了很久才下來。他開往江邊，假裝無意地說，咦：「我的車子裡多了個奇怪的小盒子。」

聲音太小，被旁邊的鳴笛蓋過去了。

等汽笛聲結束，女孩說：「胖子，分手吧。」

胖子說到這裡，我說哇操。

胖子激動地問我：「是吧？你也震驚吧？張嘉佳，以前看你們作家，形容人受到打擊的時候，腦子會一片空白。

「我從來不相信這種事情，但是『分手』兩個字一出來，耳朵直接嗡嗡作響，腦海一片空白。

「那個時候居然能保持車子還開著，眼睛盯著女孩嘴巴一張一合，完全不知道她說了什麼東西。

「原來書上寫的感受都是真實存在的。

「會一片空白，會生理性不能呼吸，會渾身都不由自主地顫抖。」

胖子大聲呼喊，「哇操，這不是文學，這是科學啊！」

在胖子的敘述裡，女孩說：「我也很愛你，家裡不同意。我爸媽更喜歡我的前男友，剛剛前男友知道我要跟你過生日，帶了全家來堵我的門。胖子，分手吧。」

胖子是生意人，生意人的腦子動得很快的。他可以問，為什麼你會跟前男友還有聯繫，為什麼他家裡人跟你家裡人還那麼熟悉？

但他靠著本能問了個傻問題：「咦，我愛你你也愛我，為什麼要分手？」

女孩眼淚嘩啦流，說：「胖子，我爸媽一點都不喜歡你，我沒辦法放棄爸媽，只好放棄你。」

胖子想了想，覺得不對，但捨不得說出哪裡不對。他開車帶女孩在江邊繞了一圈，又送了回去。

那個奇怪的小盒子，被當作生日禮物打開，一圈碎鑽套在了女孩的手指上。

胖子想，真好看，我果然有眼光。

故事還沒有結束。

半年後胖子去送朋友，當天暴雨，人群擠在公車站，滿街的雨傘像怒放的毒蘑菇。

胖子送完朋友後，覺得空座可惜，他搖開車窗喊：「誰去新街口，我順路帶走，不要錢。」

一朵紅蘑菇落了傘蓋，胖子曾經深愛的女孩坐到了副駕上。

胖子說好巧。

女孩說好巧。

胖子看到女孩手指上還戴著那圈小碎鑽，只是小碎鑽旁邊還有個大鑽戒。

胖子說：「真好看。」

女孩遮住大鑽戒，說是自己買著玩的，她沒辦法嫁給不愛的人，也許一直等著胖子。

胖子想說，不用等，我直接開到民政局。

最熱烈的除了在一起，還有分開後重新相遇。

你看，本來就是最愛你，也未曾絕望過，只要人生繼續，漫長的七、八十年，總有一天你會回來的。

只是想說，胖子沒有說出口。

他就平淡地把女孩送回家。

兩年後，胖子遇到她和她的丈夫。男人手上的一圈，對應女孩閃亮的大鑽戒，那兩隻手握在一起，刺瞎了胖子的眼睛。

明明結婚已經兩年，為什麼要騙人呢？

明明就是男友，為什麼說是前男友呢？

胖子想，媽你個逼，還是我的鑽戒好看，就是沒機會要回來了。

到這裡，故事還沒有結束。

胖子說：「她好像自己開了個服裝店。張嘉佳，我們馬上買個花圈送過去好不好。」

我說：「呆子，是花籃，不是花圈。」

胖子說：「她好像離婚了。張嘉佳，聽說這個消息後，每個下雨天我都開著車亂晃。還撞到幾次，就義務送人回家。按這個標準的話，現在可能被評為南京好市民。」

我說：「那你在車上帶到她的時候，為什麼不說，不用等，我直接開到民政局。」

胖子說：「哈哈哈哈可能我就是個傻逼吧。」

我沉默一會兒，說：「你去買菸吧。」

我知道為什麼。

因為我依然很喜歡你，所以不敢告訴你。所以你永遠不知道我有多喜歡你。

這樣在有生之年，我還可以看到你。

思念是一場長途奔襲

畢業之後，我發了個宏願。要走一百座城市，認識兩百個女孩，寫一千首詩。後來沒有完成，只零零散散記住了幾百家餐廳。它們藏在街頭巷尾，香氣氤氳，穿梭十年的時光，夾雜著歡聲笑語，和酒後孤單單的面孔。

年華一派細水長流的模樣，繞著明亮的小鎮，喧囂的夜晚，像一條貪食蛇，尋找路線前進，避免碰到落在身後的另外一個自己。

南京文昌巷有家醬骨雞，開了很多年，曾經當作宵夜的固定地點。用「沙沙」的話說，因為來這裡點菜不用糾結，只有一道醬骨雞好吃的。

沙沙非常神奇，她的至交是個黑人，祖籍剛果，在南大留學。這位剛果小黑給自己起了個中文名字叫包大人，沒過多久覺得複姓很拉風，於是改名慕容煙雨。和他最後一次見面是二〇〇七年夏初，彼時他名叫平平仄仄平平仄。他解釋最近研究古詩詞，覺得這個具備韻律感，彷彿在唱RAP。管他改來改去，大家只叫他小黑。

小黑說得一口標準南京話，跟沙沙學的，沒事就笑嘻嘻露出一口白牙，說：「老子還黑，老子還黑？屌的咧，老子黑得一逼哎！」

有次我們吃宵夜，小黑遲到，騎輛小電動車跑過來，坐下來喊：「這麼多屌人啊，不能玩！」端菜過來的小妹嚇得手一抖，差點打翻。

大家覺得吃喝玩樂夾雜個黑人，莫名其妙有種棒棒的感覺，每次都想拉上他。但小黑只聽沙沙的話，所以沙沙頓時走紅，儼然成為小黑的經紀人。

沙沙戀愛了，和一個中年大叔。大叔是攝影師，正好三十了就開了家婚攝店。開業前，沙沙給朋友們下任務，要帶人捧場，每位起碼帶三個人，這樣營造熱鬧的氣氛。

當天按沙沙的標準，我們都各自帶了三個人。管春帶了胡言、我、韓牛。我帶了管春、胡言、韓牛。胡言帶了管春、我、韓牛。韓牛帶了胡言、我、管春。

沙沙顧不上呵斥我們，外面突然傳來喧囂。大家奔出去一看，小黑騎著電動車，恰好從街角拐彎過來。以為他是一個人，等他拐彎結束，「唰」的一下，後頭又拐過來十幾輛電動車，排好陣型，齊刷刷一群黑人，最後跟著一個十幾歲的黑人小女孩，奮力踩著自行車。

黑人團伙的電動車還架著小音箱，在放古惑仔的主題曲：「叱咤風雲我任意闖萬眾仰望，叱咤風雲我絕不需往後看（凍疪大疪，凍疪大疪）……」

整條街都被震撼了。小黑下車，傻笑著說：「老子還擺啊，老子還擺啊？」

當天大叔的店裡裝滿了黑人，門外擠滿了看黑人的群眾。老太太們連廣場舞都不跳了，貼著玻璃嗑瓜子，一陣感慨：「真黑呀！」

小黑的存在，讓我們看好萊塢電影的時候，總覺得裡頭的黑人，隨時會蹦出一句南京話。

二〇〇六年春節結束，我們坐在醬骨雞店吃宵夜。沙沙裹著羽絨衣，縮縮脖子說：「我懷孕了。」

我差點把雞骨頭活生生吞下肚子，腦海一片空白，恐慌地問：「什麼情況？」

沙沙說：「本來打算跟大叔結婚的，還是分手了。我很認真地談這次戀愛啊，想這輩子應該可以定下來吧。我對自己說，要靠岸了，都無比接近碼頭了，可依舊分手。分手之後，發現自己懷孕了。」

已經不必指責。由於愛得用力，才會失控不是嗎，擺放太滿，傾倒一片狼藉。

說著她在餐廳裡就嚎啕大哭。我說：「你得找大叔。」

沙沙抽泣著說：「找他幹嘛？」

我氣得跳腳，說：「他不用負責了？」

沙沙說：「我已經決定生下來。」

我說：「我了個大×，那更加必須得找他。你一個人怎麼養得起，起碼給幾十萬吧！」

沙沙說：「他知道後，也想要這個孩子，說如果生下來，就給我五百萬。」

我嘆口氣，說，唉：「錢的事情解決掉，至少活著有些保障。接下來得替你做心理建設，以後你要開始新形式的人生。」

沙沙抽抽搭搭，說：「跟錢沒關係，我爸爸比他有錢一百倍。」

我目瞪口呆，說：「你爸爸有多少錢？」

沙沙說：「好幾個億。」

我艱難地嚥下雞腿，克制住掀桌子的衝動，說：「那你還哭個屁！」

沙沙說：「我哭不是因為錢，是因為我姓沙，感覺姓沙沒什麼好聽的名字。一旦姓沙，只能走諧星路線取勝。我想了好幾晚，想了個名字，叫沙吾淨。」

吾淨。我又想哭又想笑。

「沙吾淨你媽啊！你媽啊！以後念書會被同學喊三師弟的好嗎？姓沙怎麼就沒有好聽的名字了？沙溪浣多好聽啊！」

沙沙收住眼淚，說：「咦？似乎是挺好聽的。」

我說：「你哭是因為想不出名字？」

沙沙點點頭，說：「我連莎拉．布萊曼都想過。沙溪浣不錯，我決定從古詩詞裡找找。」

我沉默一會兒，說：「我恨不得為你寫個故事，標題是『土豪的人生沒有坎坷』。」

比我沉默更久的小黑說：「唉，算了吧。」

然後下雪了。深夜趕路的人，墜落山谷，在水裡看星光都是冷的，再冷也要穿著濕漉漉的衣服，啟程去遠方，風會吹乾的。

沙沙不跟我們做無業遊民了，據說去澳門她父親的公司。當時沒有朋友圈，連開心網都未出現，她把奢華照片全部貼在博客上。每次下方的評論都是一片哀號：狗大戶！

其間她打過一個電話給我，也許喝了一點酒，說：「小黑怎麼樣？」

我說：「他學期快結束，打算留下來創業。一會兒去酒吧冒充嘻哈歌手，一會兒去給老外當中文輔導，從來沒見過這麼勤奮的黑人。你跟他沒聯繫？」

沙沙說：「我跟誰都沒聯繫。」

我沒話找話：「小黑想在南京開個剛果餐廳。」

沙沙笑了：「哈哈聽起來真傻蛋。」

我也笑了：「是挺傻蛋，完全不想去吃吃看的樣子。」

沙沙沉默一會兒，說：「我很想念大叔。」

我說：「那你有沒有嘗試過復合？畢竟有孩子了。」

她說：「我很想念他，但是我清楚，我們沒辦法在一起。」

我說：「既然相愛，為什麼不繼續？」

她說：「你說一個人什麼情況下會去自殺？」

我說：「可能欠債五千萬之類的吧。」

她說：「不啊，你看那些自殺的人，許多都是因為一些小小的事情。有的可能因為憂鬱症，有的甚至只因為早上和媽媽吵架了，或者老師抽了他耳光，或者老公找了小三，或者主管升了其他人的職。」

我安靜地聽她講。一個在思念的人，心裡一定有太多委屈。

她說：「所以兩個人為什麼沒辦法在一起，大多都不是因為沒有愛情，而是一些細碎的理由。大問題往往讓人同仇敵慨，反而不易分開，小事件才像玻璃上的縫隙，一旦布滿，會粉身碎骨的。」

我說：「嗯，你很理智。」

她說：「我清楚自己的選擇是對的，但免不了痛苦。」

她迷惘地說：「更糟糕的是，我不想喜歡別的人。」

我說：「但你會好的。」

她說：「嗯。」

思念是一場長途奔襲。記憶做路牌，越貪心走得越遠，可是會找不到回來的路，然後把自己弄丟。所以別在夜裡耽擱了，因為日出我們就要復活。

讓自己換個方式，只要不害怕，就來得及。

半年後，她回趟南京，我們約了宵夜。

誰都不用看菜單，因為只有一道菜好吃，其他都是隨便點了敷衍。沙沙說：「來這吃宵夜，我們都圖的是方便吧，一個選擇，不必糾結。」

我哪裡有興趣跟她談哲學，結結巴巴地說：「你的肚子……扁塌塌……」

沙沙說：「假的，我沒有懷孕。」

我憤怒地說：「騙子！你他媽的肚子扁塌塌，居然好意思來面對我！」

她說：「我胸又沒有扁塌塌，啦啦啦！騙你們是打算騙多些關心。事實證明，你們也沒多關心我。畜生。」

我說：「畜生！」

她喝了一杯啤酒，說：「分手後我很想他，我就騙他，讓他從此也會一直想我。現在我好多了，再說肚子沒變化，也騙不下去了。」

我鬆口氣，突然覺得那個莫須有的小朋友，名叫沙吾淨，其實是沙沙傷心的自己。

我很乾淨，如同雪開後的涼白，用絕望洗乾淨，然後找出希望來。

我說：「小黑回國了。」

沙沙問：「他的剛果餐廳呢？」

我說：「他玩命做兼職掙的錢，還不夠房租，搞個屁餐廳。」

沙沙說：「我可以借錢給他。」

我搖搖頭：「小黑不肯借錢。他說掙不到開店的錢，說明開店也掙不到錢。你知道，他看起來傻乎乎的，其實要強得很。對了，他留了封信給你。」

沙沙接過信封，裡頭有三張紙。

沙沙打開，才看第一頁，眼淚就下來了。

我早就偷看過。這封信一共三頁，剛果在中國的留學生小黑，不知道花了多少時間，在上面密密麻麻地寫滿了名字。他替莫須有的小朋友想的名字。姓沙的名字。幾乎濃縮了詩詞裡一切帶沙的句子，一共一百四十七個。

服務生把醬骨雞端上來。油香撲鼻，湯水紅潤，這家店只有這一道好吃，所以不必選擇。

小黑不會選擇留下，因為跟希望無關。沙沙不會選擇復合，因為離幸福太遠。

小黑很努力。沙沙很相愛。努力就可以成功，相愛就可以在一起，這是世界上兩個最大的謊言，支撐著我們年少時跌跌撞撞。

後來發現，我們學會放棄，是為了重新出發。理智一點，你是必須走的，因為只有這一個選擇。

理智，就是在無奈發生前，提前離開。

勉強是一件勉強的事情。傷心是一件傷心的事情。快樂是一件快樂的事情。痛苦是一件痛苦的事情。這些都屬廢話，但你無法改變。

再理智也無法改變。

天總會亮的

1

總記著幾張面孔。失望的、落寞的、流淚的，還有天空下毫無表情的。都是這麼跋涉過來，心裡長著翅膀，踩著城市的泥濘，從熟悉的街道走過去，留下不熟悉的腳印。

想趁著我年少的美妙時光，能對你好一些。後來發現，只有不再年少，才有了對你好的能力。可是這時候，你已經不在了。

電視節目我做了十三年，什麼類型都接觸過，什麼崗位都涉及過。記得二〇〇三年跳槽，換台換節目，拿著帶子到機房，後製都在忙碌，沒有人理會我。

余鹽是後製主管，說：「要不你自己剪吧，對了你會不會？」

我說：「不會。」

余鹽說：「我教你。」然後他打開機器，錄入素材。在影像軌道裡，長長的一條，他「啪嗒」按下滑鼠，素材斷開。他說：「看，這是切開，好了，你應該會了，自己弄吧！」

教學方式雖然簡單到深得我心，但完全於事無補好嗎！

他自顧自地離開。我坐在螢幕前，從深夜十一點折騰到凌晨四點，因為我只懂切開，所以把素材切成三、四百段，然後亂成一鍋粥。這時候余鹽端著泡麵進來，說：「哎喲不錯哦，好了你走吧。」

說完他一敲鍵盤，素材恢復，跟剛輸入時一模一樣。我當即「撲街」，差點把泡麵扣在他頭上。

我還沒來得及暴走，他轉頭對我說：「張嘉佳，現在你看我切的點，跟你有什麼不同，對你有幫助的。」

很快，我因為前後期都能操刀，在新節目組站住了腳跟。這件事我一直感激余鹽。

2

其間我發現個祕密，親眼目睹余鹽給他的女徒弟送便當，買四道菜躲在辦公室，精心搭配，葷素無比協調，層層堆疊，然後再從桌子底下摸個橘子，喜孜孜送到機房。他自以為神不知鬼不覺，但智商實在問題太嚴重，旁邊那麼多人，大家手裡捧著寒酸單薄的便當，幾十隻眼睛瞪成乒乓球，這還看不出來就見鬼了。

女徒弟叫劉孟孟。大家痛不欲生，每次吃飯還要儘量避著她，免得她發現眾人便當跟她不同。我好奇地問幾個後製哥們兒，大家支支吾吾地說，余鹽德高望重，老頭長青春痘不容易，給他一點機會吧！

我跟余鹽越混越熟，喝酒的時候問他，這麼幹沒意義，表白吧！

余鹽一口乾杯，嘆口氣說，你不懂，我不是要追求她，我就是照顧她。

過幾天余鹽被抽調到外地拍片子，臨走叮囑我，幫他搞定愛心盒飯。我滿口答應，轉頭就忘。第二天遲到，直接睡到中午去公司。迎面撞到幾個後期哥們兒，在食堂門口堵住劉孟孟。我心裡「咯噔」一下，完蛋我似乎忘記什麼事情了。

哥們兒手忙腳亂地勸說孟孟：「我們幫你打。」

孟孟說：「那多不好意思，我自己來吧。」

哥們兒急得青筋爆出來，看見我過來，怒目相對。我很不舒服，覺得不是什麼大事，硬著頭皮說：「幹嘛，出人命了？」

結果哥們兒差點兒跟我動手。孟孟在眾人注視中，走到窗口，遞進去一張四十塊錢額度的飯票，打份正常的飯菜。

她似乎完全沒有發現異常，端著走到桌子邊。幾個同事趕緊讓位置，孟孟緊張地說：「不用，我好久沒來這裡吃飯啦，你們不用讓。」

哥們兒狠狠推我一把，各自散開。我摸不著頭腦，儘管我忘記任務，但不至於這麼嚴重吧。

禍都闖了，我索性坐在孟孟對面，還沒開口，問題全部堵在喉嚨。

孟孟邊吃邊哭，眼淚一顆顆掉進飯碗。可是她哭得悄無聲息，筷子依舊扒著米飯，用力撥進嘴巴，一嚼，腮幫子上的淚水就滑落下來。

我想，她哭什麼？

一個女孩子在大家面前哭成這樣，她該多難過。

一個女孩子在大家面前哭成這樣，還在吃飯，她該多餓。

3

台裡有份寶貴的帶子，據說放在新聞庫最裡面。一般帶子會反覆使用，但這盤再也不會取出來了。

每台非編機裡，這盒帶子錄入的素材永遠都保存著，用密碼鎖住。

余鹽回來後，聽說了發生的事情，嘆口氣，深夜打開機器，解開密碼，給我看這份神祕的素材。

鏡頭走進一幢陳舊的樓房，掃了幾圈，聽到記者的聲音：「拍一點趕緊走，給幾個近景，有裂縫那些，我×……」

鏡頭猛地抬起，「砰」一聲響，然後徹底黑掉。

我驚呆了，轉頭看向余鹽。

余鹽說：「水泥塊。」

我打個寒顫，說：「砸到人了？」

余鹽說：「一平方公尺多的水泥塊。」

我遲疑地說：「攝影師？」

余鹽說：「大刀，劉孟孟的親哥哥。」

新聞這行，我挺瞭解。每天起早貪黑守在醫院和派出所，鬥毆車禍基本都得往這兩個地方送。哪裡傳來死人的消息，必須快馬加鞭趕過去，搶在警察趕到前。有個哥們兒，暴雨天收到河裡漂上浮屍的簡訊，飛馳過去，車沒停穩就撲下來，扛著機器二話不說衝河裡跳，就是為了拍到屍體畫面。

我們蹲在樓梯口抽菸。余鹽說：「大刀是咱們後製的，懂攝影，當天攝影部人不夠，借了大刀去。社區危房，年代久，又找不到責任人，台裡去採這個新聞。他媽的怎麼就是大刀把命丟那裡了。」

我說：「我懂了。」

余鹽掐掉菸頭，說：「我從沒想過，居然會碰到同事死掉這件事情。把命丟那裡了，見鬼，好端端的後製，居然會死，見鬼。」

我沒法接話，手足無措地說：「沒關係，我以前小學同桌的願望是一輩子曠課，夏天去運河游泳淹死了，結果真的一輩子曠課。你看，我哪裡能想到，會碰到同學死掉這件事情。」

余鹽沉默一會兒，說：「以前都是大刀給孟孟打飯的，他很疼自己的妹妹，覺得女孩做後製太辛苦。」

我說：「嗯。」

余鹽說：「我沒其他權力，只有一堆飯票。」

我看著他走掉的背影，發了會兒呆。

我們都會經過這樣的年華，有無限對你好的心，卻只有一堆額度四十塊的飯票。

4

之後孟孟都是自己打飯，再也不要余鹽代勞。

我對孟孟是奇怪的態度，覺得她可憐孱弱想靠近，又覺得她滿具傳奇色彩想遠觀。

聖誕節那天，全城喜氣洋洋，除了新聞部，其他節目都提前錄製完畢，大家能放假的全出去玩耍。我去協助一個直播，大清早去台裡幫忙。剛下計程車，發現台裡兵荒馬亂。原來節目做平安夜街頭採訪，鏡頭抓到一對中年情侶，但情侶沒有發現。後製做了定格，還給他們打了個晃晃悠悠飄起的一顆心，幻化成兩個字：幸福。

結果中年男子已婚，屬偷情，他老婆發現了，爬到電視台懸空樓梯，舉著菜刀要自殺。大姊哭得聲嘶力竭，說電視台摧毀了她的家庭，導致老公索性跟她攤牌要離婚。

同事們慌忙報警，孟孟從後製室走出來。我在一樓看著她走向大姊，她戴著雪白的針織帽，離大姊幾步遠，聊了幾分鐘。

那個大姊猛地丟下菜刀，飛奔而去，一場鬧劇就結束了。

所有人好奇萬分，不知道她說了些什麼，可是沒人上前問她。

中飯去食堂，我排她後面。現在大師傅都知道了這個失去哥哥的小姐，他假裝不看孟孟的眼睛，死命往她盤裡打魚，打肉，打花菜，打黃瓜，若無其事地端給孟孟。

坐下來，孟孟吃了幾口，突然說：「片子做好了，晚上我們去喝一杯。」

我一楞，說行。

晚上去管春酒吧，孟孟說喝一杯，結果喝了好幾杯。

她興致很高，笑著說：「你猜我跟那位大姊說啥？」

我好奇萬分。

她說：「我告訴她可以把錄影燒錄給她，老公要離婚就用這個當證據分財產。老公不離婚，電視台賠錢給她。」

我張大嘴巴，說：「那要是真的不離婚呢？電視台怎麼可能賠錢？」

她說：「鐵定離。後製是我，定格和那顆心是我做的。我看到素材的時候，認出了那個女孩，才做的這些。」

她笑著說：「那個女孩是哥哥以前的女朋友。」

我大吃一驚。

孟孟說：「你們都錯了，我不是無知少女。」

我猛烈點頭：「對對對，孟孟你太拉風。」

孟孟說：「我想辭職。」

我舉著酒杯的手僵住，小心翼翼地問：「怎麼了。」

她說：「太累了。」

我說：「工作嗎？」

孟孟搖頭，側著腦袋擱在酒桌上，定定望著檯燈，不知道在想什麼。我無能為力，於是叫了一份薯條，推到孟孟面前，殷勤地說：「吃點兒。」

孟孟突然哭了，眼淚一顆顆掉進面前的薯條竹籃。可是她哭泣的聲音淹沒在音樂中，用力嚼著薯條，一嚼，腮幫子上的淚水就滑落下來。

我想，她哭什麼？

孟孟說：「我有個哥哥，他叫大刀。」

孟孟說：「大刀從小傻乎乎的，連戀愛都不會談，只知道被女孩子騙。」

孟孟說：「可是他那麼傻，一直擔心我吃不好，將來嫁給壞人，動不動嘮叨，妹妹啊，哥哥一定要把你餵好。」

孟孟說：「我不知道嫁給誰，可是，大刀連娶個壞女孩的機會都沒有了。」

孟孟說：「我不要留在這裡。」

孟孟的抽泣變成嚎啕。嚎啕的聲音淹沒在音樂裡。

我一下全明白了。是啊，所有的愛護，其實都在無聲提醒她，你是個失去者。而所有的愛護，都不能彌補，只是變成一把鑰匙，時刻打開非編裡鎖著的那段影像。

5

孟孟辭職，余鹽經常找我喝悶酒。他那個水準，喝悶酒跟吃悶棍一樣的，節奏非常快，嘴巴裡喊一聲「乾」，杯子往桌上一聲「啪」，然後整個人臥倒。

次數多了，酒量稍微好些。他醉眼矇矓，說：「張嘉佳，我明天走。」

我說：「你去哪裡？」

他說：「我也辭職了。回老家電視台，雖然小城市沒大出息，但待遇好一點，據說年終福利夠買輛車的。」

他又喝一杯，掏出手機，裡頭草稿箱有條簡訊，寫著：孟孟，我想照顧你。

我說：「你幹嘛不告訴她？」

余鹽說：「我能為她做什麼？我他媽的什麼能力都沒有，送她飯票嗎？媽的！」

我猛烈思考，想說服他，他已經再次臥倒。

我一個人喝了半天，莫名憤怒，直接拿他手機，把草稿箱裡那條簡訊按了發送。

叮咚一聲，簡訊回了。我嚇出滿頭冷汗，顫抖著手打開，孟孟回了訊息：你在哪裡？

我瞄一眼余鹽，發現這渾蛋居然坐直了，瞪大眼睛望著我手裡的螢幕。我沒管他，直接回了地址。接著兩人面面相覷，余鹽的臉色由紅轉白，怎麼又綠了。

孟孟圍著紅色圍巾到酒吧，坐我們對面，看著余鹽說：「聽好多人講，你也辭職了？」

余鹽沉默半天，說：「我明天十點的飛機，你可以送我嗎？」

孟孟站起來說：「如果我去了，就是答應你。」

說完就轉身離開。這屁股還沒坐熱呢，我大聲喊：「如果你沒來呢？」

孟孟停頓一下，沒回答，走了。

6

第二天我送余鹽，大包小包。他一直磨磨蹭蹭，廣播都開始喊他名字了，他還站在登機門不肯進去。

我不催他。他始終望著機場走道，那筆直而人來人往的走道，從一號口到十二號口，中間有超市、有麵館、有茶店、有書店，就是沒有孟孟的影子。

我跟地勤說：「別管這位乘客了，你們該飛就飛吧！」

余鹽站著，背後是巨大的玻璃，遠處飛機滑行，升空，成為他發呆的背景。這幅畫面，好像放鴿子。

一個渺小的傻逼，背後升起巨大的鴿子。

余鹽哭了。

7

從此我沒有孟孟的消息。

去年出差路過余鹽的家鄉，他這次酒量大漲，居然換成高粱。

喝完整瓶，他突然說：「孟孟嫁人了。」

他挪開蘋果，東摸摸西掏掏，翻出那個破破爛爛的西門子手機，說：「我留著那條簡訊。」

我有一點糊塗，接過來一看，發件人劉孟孟，內容是：「你在哪裡？」時間是二〇〇七年三月十一日二十二點十五分。

他醉了，窸窸窣窣地嘀咕：「我在哪裡？」

我突然很難過，對他說：「老余，別管自己在哪兒，你得對自己好一些。」

余鹽趴在桌上，繼續嘀咕：「是啊，我們都得對自己好一些。」

我年少的美妙時光，是想對你好的。後來發現，只有不再年少，才有了對你好的能力。

可是你已經不在了。那我只能對自己好一些。

無論你是余鹽還是孟孟，無論你在哪裡，都要記得對自己好一些。

一切都會過去的，就算飛不起來，有腳印就知道自己活著。

8

二〇〇七年一月十二日深夜，孟孟跟我在酒吧，她喝多了，對我說。

「我不要留在這裡。」

可是對很多人來說，酒空杯乾，客人散盡，都還留在某一天裡。

9

這個故事其實到這裡就結束了，而且其實什麼道理都沒說。我也從此沒碰到過他們。

二〇一二年的某一天，夏秋之交，我背著包徒步，碰到一個陌生人。他說包太重，裡頭好多酒，萍水相逢也是緣分，不如喝了吧。

我們喝到天黑。我酒量不好，倒了，睡在路邊。醒來他已經走了。

孤身一人，梅茜陪在身邊，我待了很久，身上臉上頭髮上許多露水。

我一直不想起身，整整一宿。梅茜把牠腦袋擱在我大腿上，一動也不動。牠也沉默了一宿，只是會偶爾抬頭看看我。

我覺得很難過。

然後天亮了。

然後我們就繼續往前走。

無論你想留在哪一天，天總會亮的。

喂，加油

二〇〇一年，考大學開始不限制年齡。於是大學裡流傳，沒畢業也能結婚。我身邊唯一嘗試的人是徐飛，大四和研究生學姊偷偷領了結婚證書，還煞有介事地請幾位好朋友開了兩桌。後來雙方父母都極力反對，徐飛天天躲在宿舍，連他們小夫妻租的小房子都不敢去。

徐飛脾氣很好，接近懦弱，說兩句話臉就紅了，凡事都得靠哥們兒出頭。幸好他老婆十分彪悍，擺平兩家，研究生沒讀完，直接託關係找工作，號稱不用長輩一分錢，自己養這個家。

他們離婚的原因太多，老婆去了澳洲，留下徐飛帶著女兒一起過。

去年徐飛砸在股市裡的錢基本賠光，天天去酒吧買醉。但他無論喝多少，都會到朋友家沖涼到清醒，衣冠楚楚再回去。他特別害怕女兒知道，卻又克制不住沮喪。

有天半夜我接到他女兒徐咩咩的電話，說爸爸電話沒人接。我趕緊到酒吧，徐飛徹底喝掛了，趴在那邊吐。我扶他離開，他嘴裡還嘟嘟囔囔必須沖涼。

結果剛到樓下，走出大門，看到九歲的徐咩咩站在那裡，背著小書包。

徐咩咩從包裡掏出飲料，說：「叔叔，給我爸爸喝汽水。」

徐飛癱在廣場長椅上，東倒西歪，掙扎著起不來。

徐咩咩坐在他身邊，說：「爸爸，我們家是不是沒有錢了？」

徐飛開始哭。

九歲的徐咩咩仰頭望著我，用手背擦擦眼淚，說：「叔叔，我不想上學了，給我介紹工作好不好？」

第二天徐飛給每個朋友打欠條，湊了點兒錢，開了個培訓班。一個人帶兩期，起早貪黑，年底欠債還清，賺了一大筆，寒假帶徐咩咩去義大利玩了。

昨晚一起吃晚飯，幾杯酒下肚，他說：「生意不錯，明年規模再搞大一點。」

我說：「加油。」

他說：「現在我就想拚命，拚到女兒什麼都不用擔心，一輩子都不用擔心，哪怕我嗝屁完蛋，她也能自由自在地活下去，想要的都能得到。只要沒人可以傷害她，我死了也甘心。」

我說：「你這狀態挺讓人羨慕。」

徐飛說：「從前以為活下去，要有人在捍衛自己。現在發現活下去，是因為要去捍衛一個人。」

都要儲存起來。在軌道盡頭，一人一對耳機聽到的音樂。在盛夏夜晚，順著你的臉頰流淌到我肩膀的月光。雨水打破燈光，等待擁抱睡眠。而時間漫過鵝卵石，就快淹沒我們的影子。那麼都要儲存起來，就算杳無音訊，也能離線收聽。

路過一些無法參加的葬禮。聽到一些時間背後的哭泣。

十年前，在網絡上發文，說心情不好。有個女生回覆說：「你怎麼了，我心情也不好，可以聊聊嗎？」我沒有回覆，收拾行李去其他城市。過了三年，回到那個很久沒去的ＢＢＳ，結果看到悼念文，那個南師大的女孩因憂鬱症自殺了。

我一直跟自己說，如果那一天我陪她聊聊天，她會不會改變一些想法？

今年收到留言，留言者告訴我，有個男孩，生了很重的病。男孩本來很喜歡我寫的東西，慢慢覺得和我想法不同，就取消關注了。可他一直固執地關注著梅茜，因為他堅信這隻小狗能給他一些力量。後來他去世了，去世前依舊關注著梅茜。

前不久，厲害小朋友程浩離開。今天收到留言我才知道，原來「伯爵在城堡」就是程浩。

可是，我誰也幫不到。對不起，沒有幫到你。

我從一些人的世界路過，一些人從我的世界路過。我們都在忙碌著自己的生活，角落裡有抽泣聲傳來，可是我們也只能匆匆往前走著，說一聲「對不起，沒有辦法幫到你」。

生生死死無時無刻不在發生，但路過的時候，依舊痛苦萬分。

我只是個好吃懶做的文藝青年。唯一可以做的，就是寫的故事裡，都有美麗，都有希望，掛滿淚水的臉一定能找到微笑的理由。

我們都是普通人，我們距離堅強很遠，我們終究敏感脆弱，可我們堅信我們是會找到出路的——對此永不懷疑。

後記

在我寫完之後，發現這本書正在創造一個紀錄。

一個被改編成最多電影的紀錄。幾乎每篇稱得上完整的故事，都被影視圈的朋友拿走，以超乎我想像的效率去做一部部長片。

他們喜歡那些從絕望中生長出的希望，喜歡那些堅持而不放棄溫暖的主人公。

當你闔上這本書的時候，我知道你會記得一個個人名，一場場歡樂，一段段哭泣，和一張張無所畏懼前行的笑臉。

那麼，我們電影裡再見。

文學森林 LF0056

從你的全世界路過

作者
張嘉佳
一九八〇年出生於江蘇南通，作家、編劇。曾任雜誌主筆、電視編導。大學期間多才多藝，發揮自小愛閱讀的文學涵養，自導自演多齣戲劇演出、發表近百萬字的文章。創作多元豐富，二〇〇五年寫了以大學生活為藍本的長篇小說《幾乎成了英雄》、二〇〇七年完成網路小說《小夫妻天天惡戰》、《情人書》。二〇一一年首次擔任電影編劇，以《刀見笑》榮獲第四十八屆金馬獎最佳改編劇本提名。二〇一三年，出版短篇小說集《從你的全世界路過》。二〇一四年出了一本以愛犬梅茜為視角的創作《讓我留在你身邊》。
微博：http://weibo.com/zhangjiajia

封面設計　永真急制 Workshop
封面攝影　劉方
責任編輯　陳柏昌
行銷企劃　傅恩群、王琦柔、詹修蘋
副總編輯　梁心愉
初版一刷　二〇一五年三月九日
初版三十五刷　二〇二一年十一月二十五日
定價　新臺幣三四〇元

ThinKingDom 新經典文化
發行人　葉美瑤
出版　新經典圖文傳播有限公司
地址　10045臺北市中正區重慶南路一段57號11樓之4
電話　886-2-2331-1830　傳真　886-2-2331-1831
讀者服務信箱　thinkingdomtw@gmail.com
FB粉絲團　新經典圖文化 ThinKingDon

總經銷　高寶書版集團
地址　臺北市內湖區洲子街八八號三樓
電話　02-2799-2788　傳真　02-2799-0909
海外總經銷　時報文化出版企業股份有限公司
地址　桃園市龜山區萬壽路二段三五一號
電話　02-2306-6842　傳真　02-2304-9301

從你的全世界路過 / 張嘉佳著. -- 初版. -- 臺北市：新經典圖文傳播, 2015.03
352面；14.8×21公分. --（文學森林；YY0156）
ISBN 978-986-5824-36-5（平裝）

857.63　　104002014

Original Title：從你的全世界路過by張嘉佳
繁體中文版由中南博集天卷文化傳媒有限公司授權出版